AF494618

CLÉMENT XIV

ET

CARLO BERTINAZZI.

CORRESPONDANCE INÉDITE

Publiée par H. DE LATOUCHE.

Il y avait, en 1720, dans un séminaire de Rimini, deux enfans qui se lièrent d'une étroite amitié. L'un était fils d'un laboureur des environs de Santo-Angelo in Vado, et l'autre l'unique enfant d'un officier de fortune au service du roi de Sardaigne.

Les deux élèves se promirent, quel que fût le sort que l'un et l'autre éprouverait dans le monde, de ne jamais laisser passer plus de deux années sans s'écrire ou sans se voir. Tous deux ont tenu parole.

L'un de ces enfans, nommé Laurent Ganganelli, devint professeur de philosophie à Pezaro, religieux de Saint-François, définiteur, consulteur du Saint-Office, puis cardinal, et enfin pape, sous le nom de Clément XIV.

L'autre, Carlo Bertinazzi, passa en France après la mort de son père; et, plus connu sous le nom de *Carlin,* il devint un des meilleurs Arlequins de la Comédie-Italienne.

C'est la correspondance de ces deux personnages que nous publions aujourd'hui.

Il faut rappeler, pour l'exacte intelligence des lecteurs, que ce fut ce même Clément XIV, prédécesseur de Pie VI, qui, en 1773, et sur les sollicitations de tous les princes de l'Europe appartenant à la maison de Bourbon, prononça l'abolition de la société de JÉSUS.

Ire LETTRE.

A Laurent Ganganelli.

Ferrare, 17 octobre 1724.

On a coutume de croire, mon pauvre Laurent, que lorsque deux amis se séparent, celui qui reste dans les mêmes lieux est le plus à plaindre. J'espère qu'il n'en est pas ainsi, mon ami, et que tu es moins triste que moi. Les nouvelles choses que j'ai vues et que je vois tous les jours ne me consolent point; je regrette Rimini partout où je passe. Je t'assure qu'il est bien ennuyeux de traverser sans cesse des pays qu'on ne connaît pas, et de voir des personnes à qui l'on n'a rien à dire. Si mon père n'était pas avec moi dans le régiment, je crois que j'aurais déjà déserté. Ce régiment a bien peu de religion; et mon père a l'air de se moquer quelquefois de mes prières, que je fais toujours cinq fois dans la journée. Je n'étais pas né, vois-tu, pour être un voyageur et un militaire : j'étais né pour être un religieux. Je ne me consolerai jamais d'avoir quitté notre séminaire et toi, mon meilleur ami, mon pauvre Laurent.

Ma vie est devenue toute déréglée. On ne se lève jamais ici à la même heure, et cela dépend du capitaine ou du chemin que nous avons à faire pour aller d'une étape à une autre. Si la route est longue, on bat le tambour de bon matin; et si la journée n'est pas forte, ou que la troupe ait un jour de repos dans une ville ou dans un village, les soldats dorment toute la matinée. Il en est de même des heures de repas. Je me trouve malheureux et comme tout changé, depuis qu'il n'y a plus d'ordre dans ce que je fais, dans ce que je mange, et dans le temps où je dors. Mon camarade de chambrée a raconté aux autres que je lui avais dit cela. Il me semble pourtant que la règle de nos Frères des Écoles-Pies est bien conforme à la volonté de Dieu. Car enfin le soleil se lève toujours le matin, les étoiles viennent plus tard, les saisons l'une après l'autre, et il n'y a rien de si beau que cet arrangement qui ne se dérange jamais. Je crois que l'âme d'un chrétien et son salut exigent cette observation régulière, et que notre estomac s'en trouve aussi beaucoup mieux.

Je te prie, mon ami, de m'écrire à Venise, où nous arriverons la semaine prochaine. Comme mon père s'appelle aussi Bertinazzi, tu mettras sur l'adresse : *Carlino, soldat et musicien dans le 3e régiment des Esclavons*. Je voudrais bien lire ta lettre le premier, et qu'on ne se moquât pas de nous dans la compagnie; car on ne se fait pas scrupule de fouiller dans les sacs, ce qui fait que je ferme toujours le mien avec ses courroies : et cependant j'ai perdu les cinq *paoli* que je possédais, sur la route d'Adria à Rovigo.

Les soldats ne sont pas si fins qu'ils veulent le faire accroire. Ils se moquent souvent de moi en m'appelant le petit aumônier; mais je viens aussi de leur jouer un tour. Comme je voulais t'écrire et qu'il était déjà dix heures du soir, j'ai frappé aux portes des chambres, dans le corridor de la caserne, en imitant la voix de notre capitaine qui est Génois, et j'ai fait taire tout le monde, sous prétexte de vouloir dormir. Au moyen de cela, je t'écris un peu en paix, et je me recommande à tes prières, mon cher et bon ami. Tu sais que tu n'es pas pour moi seulement un ami, mais un frère. Nous avons bien souvent joué ensemble, et nous avons pleuré aussi. Souviens-toi de ce jour où, en revenant de la mer, quand tu m'avais dit que tu m'aimerais toute ta vie, nous n'avions pas d'argent pour donner à ce pauvre qui nous a bénis.

Adieu encore, mon cher camarade. Tâche bien que le révérend père Bianchi, à son retour de Notre-Dame-de-Lorette, me garde cette image de saint Charles qu'il a promis de faire bénir pour ton fidèle ami.

II

A Laurent Ganganelli.

Venise, 12 janvier 1725.

J'ai dix-huit ans aujourd'hui! Ceci m'a fait plaisir à savoir. C'est mon père qui me l'a dit; car ma marraine, qui voulait toujours me voir enfant, me soutenait encore, il y a six mois, que je n'avais que seize ans et demi. Dix-huit ans! C'est l'âge d'un homme, n'est-ce pas? Je l'ai dit à une *camérière*, qui sourit en m'ouvrant sa porte et qui m'appelle toujours seigneur professeur.

Il faut t'apprendre que peu de jours après mon arrivée à Venise, mon père, qui donne des leçons de musique, m'a procuré aussi un emploi : il m'a fait entrer chez un sénateur qui a deux neveux en bas âge et à qui je fais répéter le catéchisme. Quelques uns de mes camarades, ayant appris que je passais là mes matinées, me raillent souvent. Ils prétendent qu'un soldat ne peut donner que des leçons de danse ou d'escrime, et tout au plus faire quelquefois la barbe au cabaretier, s'il n'a pas d'argent pour payer une demi-mesure; mais je prends mon parti, parce que je suis bien dans cette maison-là. On me donne une *polenta* quand j'arrive, des coquillages, un petit flacon de vin de *Montefiascone* et quelques pâtisseries qui sont toujours délicieuses.

Venise est une charmante ville. Je n'ai jamais tant vu de fromage de Parme qu'on en étale sur le pont de Rialto. Cette ville, dans la mer, est absolument située comme un plat de macaroni au milieu d'une table.

Toutes les fois que je suis seul et libre, je pense à toi. Les officiers et les musiciens de notre régiment vont à la comédie ; ils y entrent sans payer, parce que nos camarades jouent des airs pour accompagner les chanteurs et les danseurs. Conçois-tu que le major donne son consentement à cela? Moi, je ne mettrai jamais le pied dans un lieu pareil. Je sais que c'est un abîme de perdition, et j'en avertissais encore ce matin un trompette qui voulait me raconter la comédie.

III

A Laurent Ganganelli.

Venise, 25 mars 1725.

Ami, que ta lettre est venue à propos! Elle me donne un peu de repos et de courage. J'espère encore dans mon salut, puisque tu me dis des paroles d'amitié.

Je ne t'ai pas écrit depuis deux mois.... et pendant ce temps, combien de fautes! Les péchés que j'ai faits sont si énormes, que je n'ose pas m'en confesser. Je crois que je ne l'oserai jamais, si tu ne me promets pas que j'obtiendrai un jour l'absolution.

Il faut tout te dire. J'ai été à la comédie. Imagine-toi que mon capitaine s'étant aperçu que je ne suivais pas les autres quand ils se rendaient au théâtre, m'en a demandé la raison. Je l'ai dite ; et je ne veux pas t'écrire ce qu'il m'a répondu. C'est un méchant : que Dieu lui pardonne, à lui ! Il a si bien fait qu'il m'a ordonné de choisir les arrêts, si je l'aimais mieux. J'ai resté bien des soirs à la caserne ; et mon propre père, qui voyait que cela me faisait maigrir, m'a dit aussi qu'il fallait aller à cette comédie. On avait besoin de moi, disait-il ; je lui ai répondu avec respect qu'on se passerait bien d'un pauvre fifre ; mais il a persisté, ajoutant toujours que je m'amuserais. Je l'ai assuré vingt fois du contraire ; mais il a fallu céder, parce que c'est un commandement de Dieu, n'est-ce pas? « Père et mère tu honoreras, afin de vivre longuement. »

Ce ne serait rien si je n'avais fait qu'aller au théâtre, mais hélas! je m'y suis amusé. La vérité m'oblige à dire que ces messieurs chantent et dansent très bien. Le premier jour, au milieu du ballet, je me mis à réfléchir qu'ils étaient tous damnés, et j'ai pris la fuite. Je n'ai pas eu le cœur assez dur pour prendre plaisir à voir danser des damnés ; mais depuis je m'y suis accoutumé.

Le cœur s'endurcit très vite. Je n'ai pas combattu assez long-temps contre le démon. Quelquefois même je me surprenais, le soir en rentrant, à répéter dans ma mémoire les phrases et les chansons des comédiens, plutôt que les saintes paroles de l'angelus.

Enfin... (et je crois que je mourrais de honte si je te racontais ceci à toi-même au lieu de te l'écrire) le directeur de cette troupe d'excommuniés, qui est l'oncle de *Tonina*, la camérière du sénateur, vint la chercher pour l'emmener le lendemain. Un de ses acteurs venait de disparaître pour accompagner une comtesse en Allemagne ; et, obligé de fermer son théâtre, ce pauvre homme allait faire banqueroute et s'en aller. Tonina m'a tout raconté en pleurant, disant qu'elle était fâchée de partir parce qu'elle ne me verrait plus. Moi, je ne sais comment cela s'est fait, j'ai pensé à l'instant que je savais par cœur le rôle de ce comédien. J'ai cru que, puisqu'il jouait avec un masque, je pourrais peut-être faire sa partie. *Elle* m'a serré la main ; son oncle a dit qu'on n'avertirait personne dans la ville ; il m'a envoyé l'habit ; et le lendemain, au lieu d'aller à l'orchestre, j'ai été sur le théâtre.

Heureusement que je faisais un poltron, car je tremblais de tous mes membres en entrant. J'ai contrefait la voix du camarade qui était parti : on ne m'a pas reconnu, et Tonina m'a embrassé.

Pendant cinq fois j'ai porté ce masque, pendant cinq fois j'ai fait de mon corps cette profanation. Enfin le directeur a eu le temps de faire venir un comédien de Vicence. J'étais malade, et j'allais devenir fou si on ne m'avait pas délivré. Mon père m'avait reconnu, ainsi que deux cors de l'orchestre : mais ils ne pouvaient pas le croire, et ils n'ont rien dit. Mon père ne m'a pas grondé : je craignais bien d'être battu. Mais il est vrai qu'il était déjà malade, mon pauvre père, et il empire tous les jours. J'espère qu'il sauvera son corps et son âme. Moi, je ne sauverai pas la mienne !

O mon ami ! tu ne peux te faire l'idée de mes tourmens ; je vois l'enfer sous mes pieds : je ne crois pas ma vie assez longue pour expier, dans la pénitence et dans le jeûne, le péché mortel que j'ai commis. J'ai résolu de quitter, si je peux, Venise, et d'aller dans la Calabre vivre de racines et de noisettes, comme le bienheureux saint François.

Adieu, mon seul refuge. Tu ne voudras peut-être pas me répondre, car je suis l'ivraie séparée du bon grain ; mais, si tu ne me prends pas en miséricorde, je mourrai peut-être sans être porté en terre sainte. Aie pitié de moi !

P. S. Avant de fermer cette lettre, je crois qu'il faut que je te dise (si tu avais la charité de prier pour mon âme) que le rôle que j'ai joué était un rôle d'*Arlequin*.

IV

A Carlo Bertinazzi.

Rimini, 18 mai 1725.

Vous n'êtes point damné, mon frère. Que cette parole serve d'abord vous consoler, et ensuite portez l'aveu de votre faute au tribunal de la pénitence.

Il s'est mêlé dans l'étrange impulsion que vous avez suivie un bon sentiment : il y est entré aussi, peut-être à votre insu, un coupable désir de plaire ; mais vous n'êtes ni un méchant ni un criminel.

Ce n'est pas parce que les comédiens prennent des masques et des habits singuliers que l'Église, un peu rigoureuse, les a quelquefois séparés du troupeau des fidèles ; c'est sans doute à cause du scandale que leurs mœurs ont donné trop souvent. Vous n'avez emprunté jusqu'ici que leurs vêtemens ; vous n'êtes entré en partage que de leur art, vous ne savez imiter que leur talent ; et quoique ce talent futile soit quelquefois bien dangereux, vous êtes sorti de cette épreuve comme le jeune Daniel de l'abîme où il était descendu.

Quand la mort vous eût surpris sous le masque que vous avez porté, je ne pense pas que nous eussions désespéré de votre salut. Quelque artifice qui les déguise, Dieu reconnaît les siens. Prenez courage!

Ne quittez ni votre père ni le régiment où vous servez ; n'essayez pas de réparer une faute par une plus grande. Ce n'est pas le passé qu'il faut redouter, c'est l'avenir. J'ai peur que les succès que vous avez obtenus dans votre étourderie ne vous reviennent en mémoire quand le temps aura effacé les premières terreurs. Je tremble que vous ne regardiez un jour comme une vocation le hasard qui vous a jeté dans une faute. Gardez-vous d'un sentiment de vanité déplorable. Les applaudissemens des hommes ne sont pas toujours donnés au mérite ; et celui que vous avez montré est d'une espèce à vous faire rougir.

Cher ami... sens-tu quel effort je m'impose depuis le commencement de cette lettre, et combien il m'en coûte pour ne pas mêler ma vive amitié à ces reproches? Mais tu connais la règle de cette maison : les élèves, une fois sortis, deviennent comme étrangers à ceux qui demeurent. La douce familiarité est proscrite : je disais *toi*, et il faut que j'écrive *vous*. Le père cellerier ne fera peut-être point partir ma lettre s'il prend le temps de la lire, ou si sa bonté ne fait pas exception à la discipline en faveur de la bienveillance qu'il a toujours eue pour Bertinazzi.

Eh bien! je n'aurai pris que sur mon sommeil le temps de converser avec mon plus cher camarade. Ce papier passera dans tes mains, ou reviendra dans les miennes; mais qu'il soit le confident de tous les regrets que me cause ton absence, le dépositaire du serment que je renouvelle de t'aimer toujours.

Carlin, ce mot de serment n'éveille-t-il pas un remords dans ton cœur, s'il ne trouble pas le mien? Qu'avons-nous fait! L'amitié de deux chrétiens doit-elle emprunter des formes romanesques, une attestation peut-être sacrilége, ou digne au plus des idolâtres? La voilà sous mes yeux, cette promesse écrite avec ton sang. Que j'ai prié de fois mon bienheureux patron d'intercéder pour la faute que je t'ai fait commettre! Et pourtant je crois que je ne me séparerais pas sans mourir de ce gage de dévoûment, de ce pacte qui établit entre nous une égalité éternelle, une éternelle obligation d'être frères.

Écoute : tu seras un jour quelque grand seigneur, ou quelque riche marchand. La république de Venise mène aux honneurs ceux qui la servent bien par les armes, à la richesse ceux qui savent profiter de ses rapports avec tous les peuples. Moi, fils d'un pauvre laboureur, je végéterai éternellement derrière une charrue ou dans un cloître. Mais je veux te rappeler encore les services que tu m'as rendus, pour qu'à toutes les époques de ta vie glorieuse, tu saches que je t'appartiens par la reconnaissance.

C'est aujourd'hui même le troisième anniversaire : le 18 mai. Nous nous étions fort écartés de nos camarades qui se promenaient le long du rivage de la Marrechia. La chaleur excessive nous avait décidés à descendre jusqu'à la mer, et tandis que sur le sable frais tu étais occupé, je m'en souviens, à ouvrir quelques fruits de mer (1), je m'avançais imprudemment à la nage jusqu'à ces courans où les flots salés et les ondes du fleuve se combattent, tournoient et se mêlent.

Nous avions parlé tout le jour des aventures d'Ulysse et des découvertes de Christophe Colomb. Je ne sais quel désir d'être un prince errant ou un grand navigateur préoccupait ma pensée. Il me semblait possible de gagner à la nage les rives d'Haïti, ou au moins les rochers de la fameuse Ithaque. Je perdis tout à coup la force, je jetai un cri, et quand je repris connaissance, trois quarts d'heure après, c'est toi que je vis à mes côtés.

Je me retrouvai couché le long d'une roche inclinée : j'avais la tête en bas, si tu t'en souviens; car tu me tenais péniblement par les pieds et tu

(1) ***Frutta di mare,*** sortes de coquillages.

allais m'étouffer, après m'avoir empêché de mourir, comme nous l'a très bien démontré depuis le docteur Stroppa. Mais toi qui hasardais sans le savoir le prix de tant d'amitié, tu venais de livrer ta vie pour la mienne; tu étais mon unique sauveur, tu pleurais de joie, tu me remerciais d'être vivant! Je n'aurais jamais compris comment Carlin (qui n'aime pas l'eau) s'était jeté dans cet abîme tournoyant, sans l'espoir même de m'y retrouver, si je n'avais senti d'avance combien je l'aimais.

C'est quand je vins à concevoir le chagrin de ma mère si j'eusse péri, que toute ma reconnaissance brûla de s'épancher. Alors je te proposai de nous aimer jusqu'au tombeau, de nous secourir en toute occasion; de ne jamais laisser passer un temps convenu sans nous voir ou nous écrire, en quelque situation où nous fussions dans ce monde... et même dans l'autre, si Dieu le permettait.

Nous écrivîmes ces paroles. Le sang qui coulait encore de ma poitrine meurtrie par un rocher, le tien qui teignait ton bras déchiré sur les cailloux, servit à rendre ce pacte lisible sur deux pages blanches d'un livre. Nous échangeâmes ces écrits, et nous avons attesté encore le livre saint qui nous avait prêté ses pages.

Mon Dieu! si ces sermens sont coupables, faites que moi seul j'en sois puni! Toi, Carlin, pense que notre fidélité à les tenir est peut-être l'unique vertu qui puisse nous absoudre de les avoir faits.

A présent, parlons de l'avenir : du tien, mon cher voyageur; car que veux-tu qu'il advienne pour m'ouvrir une carrière et m'arracher à l'obscurité que je chéris? Je ne suis point persuadé, comme tu parais l'être, que ta vocation soit la vie monastique. Je n'estime pas que tu aies encore rencontré dans l'état militaire le lot qui te convient ici-bas; mais tu trouveras, je l'espère, une vie exempte de revers dans une profession où l'industrie et la probité auront besoin l'une de l'autre, et dans un mariage assorti. La finesse de ton esprit et la naïveté de ton âme me donnent bien quelques inquiétudes sur la durée de tes goûts, sur la prospérité croissante de ta fortune; mais qui ne porte en soi les élémens qui peuvent détruire notre bonheur? Ce que tu crois sentir de goût pour la retraite n'est que le premier sentiment de ton isolement dans le monde. Tu regrettes le couvent et tes affectueux condisciples, bientôt tu auras pitié de notre bonheur. On se trompe sur ses propres idées : on veut toujours ce qui est perdu ou hors d'atteinte. Hélas! si moi-même j'écoutais un aveugle instinct, je me croirais réservé aux périlleuses entreprises. Je tressaille à la vue d'un navir qui fuit à toutes voiles, j'aime le bruit des instrumens guerriers. Hier, du haut de la tour de Saint-Onuphre, je suivais dans la campagne la ligne mouvante des troupes qui partaient, et je sentais mon âme s'envoler vers Rome avec le drapeau qui ondoyait à travers les moissons et les arbres, aux premiers rayons du soleil.

Tout ceci est l'inspiration de l'ange des ténèbres. J'ai pleuré; je me suis repenti; et une nuit passée à genoux sur les marbres du chœur m'a rendu le calme et l'humilité qui conviennent à un futur religieux.

On me propose à la fois de retourner dans la maison paternelle ou d'entrer au noviciat à Urbino. Je t'instruirai de ma résolution (si Dieu daigne m'en inspirer une) aussitôt que mon sort sera décidé.

V

A Laurent Ganganelli.

Bologne, 28 juin 1725.

Il y avait déjà deux mois que mon père était mort, et Tonina m'écrivait des lettres charmantes. Je m'ennuyais beaucoup à faire l'exercice sur la place Saint-Marc. Un de mes camarades m'a proposé d'aller à Mestre, seulement pour quelques heures, manger à notre aise des broccolis. Je savais bien que je ne mangerais guère ; d'ailleurs, je n'aime pas les broccolis : mais je mourais d'envie de me promener sur la terre ferme, de revoir des prairies et des mers. Je croyais que le camarade avait une permission pour deux : il n'a tiré de sa poche qu'un certificat de l'hôpital d'où il sortait; le commis a fait semblant de savoir lire, et nous avons débarqué à Mestre. A peine à terre, j'ai pris Venise, mon capitaine et tout le régiment en horreur. Je n'ai rien dit au camarade; mais du moment que j'avais vu comment on pouvait tromper la consigne, mon parti a été pris. J'avais sur moi, comme de coutume, tous les sequins que mon père m'a laissés. J'ai été payer l'écot au milieu du dîner, et j'ai couru ensuite de toutes mes forces du côté de la Brenta. J'ai passé la rivière ; j'ai acheté le soir même, dans le faubourg d'une petite ville dont je n'ai pas osé demander le nom, une espèce d'habit jaune, comme on m'a dit que les abbés en portent à Rome ; et le lendemain, quand j'ai été seul dans la campagne, j'ai fait un trou dans le sable pour enterrer ma défroque de militaire. J'ai traversé alors beaucoup de pays avec mon déguisement : tantôt j'ai monté sur des mulets de retour, tantôt à côté d'un voiturin, le plus souvent j'ai fait route à pied, enfin je suis arrivé à Bologne.

Je suis là depuis huit jours. Tonina, c'est-à-dire mademoiselle Antonia, est engagée pour chanter la partie des troisièmes dames sur le théâtre. Elle m'a reçu d'abord avec étonnement, mais à présent je suis content d'elle. Je lui ai fait voir mes sequins, et je lui ai dit que je l'épouserais. Elle rit toujours! Elle m'a fait faire connaissance avec un prélat qui vient souvent chez elle, et par fantaisie, elle me fait passer pour son parent. Enfin je sors, je rentre à volonté dans la maison, et je fais ce que je veux ; quel changement!

Je t'écrirai dès que je serai marié, mon ami, et ensuite je te dirai mes projets de fortune. Je veux faire le négoce ; je suis assez en fonds pour cela Tu es très bon, toi, de te souvenir de tout ce qui nous est arrivé au collége. Je crois que je t'aime encore mieux depuis que j'ai perdu mon père.

VI

A Carlo Bertinazzi.

Santo-Angelo in Vado, 1er juillet 1726.

Depuis un an je ne sais rien de ton sort, si ce n'est que tu as quitté Venise. Ton capitaine, à qui j'ai écrit à ce sujet, m'a répondu qu'il te ferait pendre partout où il te trouverait, parce que tu as abandonné le régiment sans sa permission. J'attendrai, pour m'expliquer sur cette démarche, que tu m'aies fait comprendre des sentimens que je ne conçois pas. Mais Paolo Dazzi t'a vu à Florence ; il se charge de te faire parvenir cette lettre chez un marchand de soie, où tu demeures, à ce qu'il assure. Je me livre à cette espérance, et je t'écris.

Depuis onze mois que je suis sorti de notre collége, j'habite avec ma famille le pauvre village de Santo-Angelo in Vado. Ma mère venait de mourir quand je suis rentré sous le toit où elle m'a donné naissance. Malgré l'amitié de mes deux sœurs, j'ai senti avec bien de l'amertume le triste sort des orphelins. Notre maison, que j'ai trouvée petite au sortir de Rimini, m'a semblé déserte à cause de l'absence de ma mère. Je la cherche partout : je me la représente encore avec sa taille imposante, ses yeux spirituels et doux, la pâleur ordinaire de ses traits, et cette mobilité d'humeur qui tenait déjà au mal qui nous l'a ravie jeune. Je la cherche surtout vers le soir dans le modeste enclos qui descend vers une petite rivière, et les écluses d'un moulin qui faisait la joie de mon enfance. C'est sa voix que je veux entendre dans les taillis prochains ; et quand la lueur de la lune perce à travers une charmille qu'elle avait particulièrement affectionnée, je crois que c'est sa robe que je vois. Je l'appelle alors, et je me surprends à pleurer.

S'il manquait quelque chose, vois-tu, à toutes nos sympathies de cœur, ce serait que tu fusses né aux mêmes lieux que moi. Quel plaisir j'aurais à te parler de cette nature qu'on appelle morte, tandis qu'elle nous parle si éloquemment! Il y a des jours où je ne comprends pas comment les arbres et le ciel de mon pays ne semblent pas à tout le monde le plus beau ciel et les plus beaux arbres.

Et cependant il faudra quitter tout cela! Je n'ai ni le goût, ni peut-être la force, et surtout la vertu qu'il faudrait avoir pour cultiver cette terre que j'aime. Je ne saurais continuer, comme mon père et mon aïeul, le dur et honorable métier de laboureur. Quand je vois mon beau-frère (je t'ai dit que Marie avait épousé un fermier des environs de Forli), quand je vois cet utile artisan descendre lui-même dans nos rizières si malsaines, prêter la main pour couper les herbes rares qui croissent entre les rives du Metauro et de la Foglia, j'ai pitié des songes qui m'occupent si vainement dans les campagnes que ses sueurs fécondent. Durant les premiers mois de ma liberté, j'ai fait quelques courses autour de ce village ; j'ai pénétré dans quelques unes des cités voisines, et j'ai gravi plus d'une montagne, espérant découvrir le monde de ces hauteurs. C'est ainsi que j'ai traversé la courtoise cité de Ravenne, comme l'appellent nos vieux écrivains. J'ai prié au tombeau du Dante pour celui qui a assuré plus d'immortalité aux ruines du palais où Francesca a trouvé la mort, que les marbres fastueux d'Auguste et de Tibère n'en garantissent aux édifices que ces empereurs ont laissés sur ce même rivage. Les trônes périssent ; les vers du poète se rajeunissent par les ans.

Sur l'âpre roche qui domine nos plaines de la Romagne, j'ai vu San-Marino, asile de la vertu républicaine. Il fut ouvert par un pauvre charpentier dalmate, et il m'a semblé que ce rocher dominait avec moins de supériorité les eaux de l'Eridan et toutes ces vallées sanglantes où les Guelphes ont mêlé tant d'ossemens à ceux de leurs ennemis, que l'esprit politique de ce gouvernement imperceptible n'est au dessus des despotismes qui accablent le reste de l'Europe.

Ce petit coin de terre ne connaît ni les discordes ni la guerre : là il n'y a d'orage que lorsque le ciel s'obcurcit. Singulier aveuglement! j'ai parcouru les écrits de tel philosophe qui, sous un habit de chambellan, raillait ces libres et agrestes hommes! C'est ainsi que quelques défenseurs des droits primitifs s'arment contre une religion où l'égalité est enseignée. Pour nous, n'est-ce pas, nous ne comprenons rien de plus philosophique que l'Evangile? Nous sentons que si un Dieu pauvre et humilié n'était qu'une pensée humaine, elle serait encore la plus belle de toutes.

Ah! c'est ce sentiment d'égalité, qui ne peut être blessé impunément dans certaines âmes, qui me ramène et m'enchaîne au pied des autels où la puissance n'est pas comptée avant la vertu, la noblesse du cœur après les titres et les richesses. J'ai été bien puni, cet hiver, par l'accueil des grands et par la protection des sots, de ma condescendance à paraître dans certains palais de la ville. Il faut te dire qu'un vieillard, un docte et modeste descendant de cette famille des Malatestes qui a donné des exergues à Ravenne, m'avait pris dans une amitié généreuse : il passe l'été dans un château qu'on voit d'ici. J'ai osé lui demander quelques livres, il a pris du goût à des conversations où rien de ma pensée n'était déguisé ; et il s'est fait je ne sais quelle exagération de mon savoir, de mon mérite. La saison des champs écoulée, il a voulu me présenter, comme une merveille, à des seigneurs qu'il jugeait utiles à ma fortune. L'humble rejeton des artisans de Santo-Angelo a d'abord excité la curiosité parmi les Eminences les Excellences, les Seigneuries ; puis, sont venues les offres dédaigneuses, et je ne sais quel étonnement sur les visages, à cause de ma présence au milieu de ce cercle privilégié. Je ne pense pas qu'il eût été impossible de rendre, avec quelque justice, un peu du mépris qu'ils faisaient de ma pauvreté à certaines prétentions de leur part à cacher beaucoup d'ignorance. Seuls, les héritiers de quelques noms glorieux, de quelques familles consacrées dans l'histoire, marquaient un peu d'indulgence pour le plébéien fourvoyé; mais, bon Dieu! quelle arrogance avaient devant moi les douteuses origines et les récentes armoiries! Est-ce que je n'ai pas rencontré là un comte de fraîche date qui fut un peu le parent de ma mère, et qui me connaissait moi-même avant sa fortune? J'ai eu pitié de son embarras, de celui de madame la comtesse, qui est fille d'un chanteur, et je me suis éloigné d'eux sans les compromettre. Du reste, je pardonne à mon parent sa vanité ingrate, pourvu que sous le sobriquet dont il se recouvre, il ne soit pas trop confus d'avoir été autrefois baptisé sous le nom grossier, il est vrai, mais honorable de son père.

Ainsi, mon pauvre camarade, inhabile que je suis aux travaux de la campagne, repoussé par la société des villes, que me resterait-il pour abri, pour refuge et pour consolation, si ce n'était la vie religieuse? Elle fut toujours ma vocation, et je m'y jette avec une profonde reconnaissance pour Dieu: il ouvre à mes infirmités le seul port où je puisse éviter ma perte. Que deviendraient ces âmes passionnées, ou ces cœurs timides qui manquent de confiance dans leurs destinées, ou ces pécheurs qui ont besoin de longs entretiens avec le Ciel, ou ces malheureux pour qui il n'est plus ici-bas d'affections, d'espoir et d'avenir, ou enfin les orphelins qui, comme moi, ne peuvent être utiles à leurs frères qu'en renonçant à leur part d'un indigent patrimoine, si vous fermiez les cloîtres devant leurs pas, si vous leur ôtiez l'unique ambition qui leur reste: celle de laisser, du moins après eux, un exemple d'humilité et de résignation?

Je me suis donc résolu à entrer au noviciat à Urbino, dans cette même ville où mon immodestie vient d'être réprimée. Si je le puis, j'établirai promptement la seconde de mes sœurs, et je prendrai ensuite l'habit de saint François. Dieu veuille qu'on ne me juge pas trop indigne de porter cette robe qui enveloppa tant de martyrs au glorieux siége de Saint-Jean-d'Acre!

VII

A Laurent Ganganelli.

Florence, 4 janvier 1727.

Oui, mon cher Laurent, je suis à Florence. C'est là que j'ai reçu ta lettre; et elle m'a trouvé dans de meilleurs sentimens que ceux que j'avais eus depuis long-temps. J'ai vécu comme un mondain pendant les dix-huit mois qui viennent de s'écouler. Mais je suis calme à présent, et je vais te conter ce que j'ai fait.

Je m'étais d'abord aperçu de quelque chose relativement à mademoiselle Tonina; quand j'ai voulu lui demander des explications, elle m'a dit: « Je te les donnerai quand tu m'aimeras assez pour me croire. »

Elle a ajouté le lendemain que j'étais un jaloux, et qu'il fallait m'en aller. Moi qui n'osais pas lui baiser la main, quoiqu'elle prît quelquefois des familiarités avec moi, je n'ai pas voulu la compromettre, et j'ai loué un logement comme le prélat me le conseillait lui-même.

Alors elle n'était jamais chez elle. Quand je la rencontrais, que je lui parlais de notre mariage, elle disait que je manquais d'usage du monde. J'ai été, pour me former, dans toutes sortes de sociétés et particulièrement dans un casino que je me rappellerai toujours. C'était un soir que j'étais bien malheureux; il y avait une semaine au moins que je ne l'avais vue: je m'étais mis à penser que c'était peut-être parce que je n'étais pas assez riche qu'elle me dédaignait, et je me disais qu'en effet il n'y avait rien de trop beau pour elle au monde, et qu'elle avait bien raison de vouloir un beau palais et un beau carrosse. J'ai toujours été heureux au jeu, et je me résolus à doubler mon bien.

J'entre donc dans le casino : tout le monde me regarde ; il paraît que j'inspire de la confiance. On me propose de tenir les cartes : moi, qui étais pressé de m'enrichir, j'accepte ; et l'un de ces messieurs me demande tout de suite à l'oreille comment se porte Strozzi. Je connais Strozzi : c'était un officier de notre régiment. Je réponds tout haut : « Très-bien ! » et pourtant la question m'avait fait rougir. Le Monsieur me fait un signe pour me remettre ; je me remets, et me voilà tenant la banque du pharaon, soutenu par trois étrangers, dont un Anglais qui étalait des monceaux d'or sur la table. Je ne pouvais reculer : je mets les deux cents sequins qui composaient alors ma fortune, et nous jouons contre tous les autres. J'ai perdu tout en une heure. Les étrangers, ruinés comme moi, m'accablaient d'injures, et je me mis à réfléchir, peut-être même un peu à pleurer dans un coin. Une dame, qui paraissait de la maison, s'approcha alors de moi pour me faire tout bas son compliment. Je ne comprenais pas. Beaucoup de gens se retiraient et j'allais faire de même, quand j'entendis fermer la porte et ensuite un grand éclat de rire poussé par ceux qui restaient : c'était la dame dont je t'ai parlé, un abbé de cour, dont les doigts chargés de brillans éblouissaient en maniant les cartes ; un jeune homme encore mineur, de la figure la plus mélancolique du monde ; un trésorier de l'armée pontificale dont la mine était imposante, les moustaches noires, la tenue grave et sévère, et enfin une espèce de gentilhomme de campagne qui avait des mains si grosses et si maladroites, qu'il paraissait ne pas savoir tenir son jeu.

On m'appela à la table pour compter. Compter quoi ? j'avais tout perdu. Néanmoins, je m'approchai presque machinalement, et on me remit d'abord mes deux cents sequins dans une des bourses que l'Anglais avait laissées vides. « Nous ferons, me dit la dame, notre compliment à Strozzi : puisqu'il ne pouvait venir lui-même, il a choisi un excellent compère. On ne joue pas mieux son rôle. — Avait-il l'air innocent ! dit le jeune homme. — Comme il a perdu avec adresse ! dit le campagnard. — Il jouait un peu trop stupidement, ajouta le militaire, il pouvait nous compromettre ; mais laissons cela, et allons souper. — Messieurs, messieurs, dit le saint personnage d'une voix de soprano, il faut d'abord finir nos comptes : il me revient quinze cents ducats pour ma part, trouvez bon que je les prenne, et agréez mes excuses pour le souper. — Comment, comment, l'abbé ? — Oui, oui, vous êtes des mécréans, vous autres ; et vous ne vous souviendrez peut-être pas que c'est aujourd'hui vendredi ; mais je me soucie peu de rompre mon jeûne et de risquer mon âme pour vous. »

Il commença là-dessus un sermon : on l'interrompit presque aussitôt, et alors il fit ses dispositions pour sortir. Je l'imitai sur-le-champ, et quand on me vit suivre l'abbé, les éclats de rire recommencèrent. « — Bravo ! bravo ! il soutient son personnage jusqu'au bout. — L'ami, emportez donc ce qui vous revient. — Ne voyez-vous pas, dit la comtesse, qu'il a ordre de laisser à notre banque la part du profit de Strozzi ? »

Et on nous accompagna avec des lumières, et on nous souhaita le bonsoir jusque dans la rue. J'avoue que si je n'avais pas été tenté un seul moment de prendre ce qui n'était pas à moi, j'avais hâte de gagner le large avec mon bien. Je quittai brusquement mon compagnon au détour d'une rue, et rentré chez moi, je me disais, en contant mon pauvre argent retrouvé : — Oh ! les honnêtes gens, si ce ne sont pas des voleurs !

Le lendemain, je reçus à mon hôtellerie un billet de mademoiselle Tonina ; elle avait changé de ton. On allait donner une représentation à son bénéfice, et faute d'un certain personnage de bacha, elle craignait de manquer cette soirée. Il n'est sorte de flatteries qu'elle ne m'ait faites pour me déterminer à lui rendre encore ce service ; moi, j'ai traîné en longueur toutes les répétitions, comme aurait pu faire un ténor de Naples ou de Milan; je menaçais toujours de m'en aller; mais Tonina s'y était prise enfin si bien et si agréablement, que si j'avais eu quelque chose à lui refuser ensuite, je n'aurais été qu'un ingrat.

Le jour venu, et pendant que j'étais sur la scène, où Lélio me chantait au nez une cavatine pour que je lui rendisse l'esclave qu'il adorait, je regardais innocemment dans les loges et dans l'orchestre. A quatre pas de la contre-basse, qu'est-ce que j'aperçois? mon capitaine : mon propre capitaine vénitien! Il m'avait reconnu presque en même temps, car je l'entendais qui disait à son voisin : « Vous voyez bien ce mauvais bacha, eh bien, c'est un fantassin de ma compagnie. » Il parla plus bas, parce que le parterre se fâchait de ses observations; mais je distinguai encore les mots de coquin, de déserteur et de potence. Je disparus avant la fin de mon rôle et ne couchai point chez moi. Je me demandai toute la nuit comment ce capitaine se trouvait à Bologne et pourquoi il montrait tant d'obstination à me posséder. Si, comme toi, j'étais grand, beau et fier, je comprendrais qu'il pût me regretter; mais frêle comme je le suis et marchant assez mal, que diable prétend faire de moi le capitaine Malamocco?

J'envoyai vers Tonina. On revint me dire qu'elle était partie. Partie? grand Dieu! Le tonnerre m'eût frappé moins que cette nouvelle. Je ne connais plus de dangers, je veux la revoir, c'était ma fiancée. Je me rends à son logement; son logement est vide. Je monte dans le mien; elle y était venue en mon absence, et à la place des sequins que j'enfermais dans un tiroir, je trouvai un billet de sa main. Elle m'écrivait qu'elle était forcée de m'emprunter cette somme pour un temps; que ses créanciers la tourmentaient; qu'elle me quittait au désespoir, et que ses larmes l'empêchant de continuer, elle me ferait savoir plus tard où elle allait.

Je me sauvai vite à mon tour, mais je mentirais si je disais que je fus bien malheureux après les premiers jours passés. Je cheminais vers Florence, pensant à mes aventures et au plaisir de voir de nouveaux pays. L'idée d'avoir échappé au capitaine et peut-être aussi le souvenir des bontés passées de mademoiselle Antonia me fournissaient encore des pensées couleur de rose. Et, puis, j'avais sans doute le pressentiment que je rencontrerais ici le terme de mes infortunes.

J'y ai commencé la carrière à laquelle je suis destiné. Me voilà placé, en qualité de commis, à la recommandation de Paolo ou plutôt de son père, chez un honnête marchand qui fait le commerce des soieries, des chapeaux de paille, des albâtres et de l'alkermès. Il a pris confiance en moi; les soins dont il me charge depuis le lever du jour jusqu'à l'*Ave Maria* écartent de moi les mauvaises pensées, et j'espère que je pourrai trouver avant peu un meilleur parti que celui de mademoiselle Antonia. Je ne manquerai pas de t'en faire part.

VIII

A Carlo Bertinazzi.

Ascoli, 2 février 1727.

J'échappe à une maladie bien longue et bien cruelle. On m'a fait quitter Urbin pour Ascoli, afin, disait-on, que je profitasse des leçons de philosophie de cette école célèbre; mais je soupçonne que la bonté de mes supérieurs voulait surtout me procurer l'air des montagnes et la salubre température de ce pays qu'arrose le Tronto. Ici le P. Conti m'a d'abord repoussé avec douceur de ses leçons : il y allait de ma vie, répétait-il, si je continuais à me livrer au travail; il est vrai que l'étude du grec, et particulièrement des langues orientales, avait tellement charmé et absorbé mon esprit, que j'ai excité peut-être par des veilles la malignité des fièvres qui me dévoraient. Hélas! je suis si peu de chose par moi-même, qu'il pourrait m'être permis d'essayer à acquérir un peu de savoir, sans être taxé de présomption!

Combien j'ai pensé à toi, Charles, dans les longues nuits de mes souffrances! Je t'ai peut-être accusé... mais je crains que ce ne soit durant les heures de mon délire. Ne parlons plus du passé; que l'esprit de repentir te visite!

Ma plus grande peine eût été de mourir sans avoir vu Rome. Je ne saurais te dire quelles visions me poursuivaient et quels fantômes assiégaient opiniâtrément mon cerveau malade. A peine arrivé à la convalescence, j'ai désiré que le temps de mon noviciat fût abrégé, et je voulais faire profession sur-le-champ. Mais, au lieu d'accueillir cette demande, peut-être orgueilleuse, on a prorogé le temps de mes épreuves. Je vois trop qu'on me juge peu propre à entrer en religion et à honorer l'état monastique. Le P. Joseph Donati, l'un de nos docteurs, n'a pas voulu passer à Recanati, à Fanno, à Pesaro, sans m'emmener avec lui: il assure que je l'ai aidé en son professorat, et il me laissait quelquefois faire la leçon de Théologie ou d'Histoire. Ces leçons, où les devoirs religieux et les saintetés de l'Eglise sont constamment ramenés, invoqués et développés, ouvrent carrière aux élans de mon imagination souvent ardente. L'amour de Dieu, affection profonde qui brûle de s'épancher, pénètre mon cœur de mollesse et d'attendrissement. Je ne sais plus enseigner, je ne fais que sentir; je ne discute plus, je prie. Je prie à haute voix, mes yeux s'inondent de larmes; et, à force de mélancolie et d'amour, le médiocre sermon que je prêche devient éloquent. Du moins ils le disent; et toi-même tu joins quelquefois à tes lettres des louanges qui me font rougir. Je suis si attiré vers les solennités du culte, que j'ai voulu pénétrer dans la connaissance de ces harmonies qui soutiennent ou qui interrompent si majestueusement les chants du prêtre. Mes mains inhabiles s'égarent quelquefois sur les orgues: la musique occupe exclusivement mes sens, ou elle me ravit à l'existence humaine. Par elle je suis tantôt un corps privé d'âme, et plus souvent une âme sans corps. Il y a peu de jours que j'ai voulu accompagner une messe des morts; mais les forces m'ont manqué, je me suis évanoui dans une extase, au moment où il me semblait que je comprenais l'enthousiasme de David et les ravissemens de sainte Cécile. J'ai entendu les harpes du Ciel, et je leur répondais.

Du reste, quand je redescends sur cette terre, mon cher condisciple, ma condition est bien misérable, et ma fortune bien près de l'indigence. Au milieu de la liberté qui m'est donnée, j'oublie trop souvent les heures du couvent et jusqu'aux besoins du réfectoire. Alors, quand je ne puis plus supporter le jeûne, et que je me souviens qu'un peu de pain me serait nécessaire, j'en achète furtivement si je me trouve encore possesseur de quelques deniers. Mais je n'en puis réserver toujours, car il y a bien des pauvres dans les Etats du pape! Hier, je m'étais retiré voluptueusement avec un morceau de ce pain noir et un livre, dans un de ces jardins de moines où je ne trouve ordinairement que moi-même et quelque jardinier avec qui je converse familièrement. Je relisais les lettres de saint Basile, en savourant un repas qu'eût peut-être dédaigné un obscur serviteur, quand un capucin, frère George de Viterbe, pauvre mendiant qui recherchait quelquefois ma société, et qui part pour regagner son pays, est venu se jeter à mes pieds et me demander ma bénédiction.

« C'est à raison, dit-il, de ce que vous serez un jour, que je vous supplie de me bénir: car vous deviendrez chef de l'Eglise; et, après avoir régné autant de temps que Sixte-Quint, vous mourrez d'une mort violente, et n'ouvrirez point la porte sainte. »

J'ai souri. Ce n'était pas la première fois que j'avais remarqué que le révérend père avait l'esprit faible, un peu aliéné, un peu supestitieux. J'ai rompu la moitié de mon pain qu'il a cordialement acceptée, et il est parti. Je l'ai suivi long-temps des yeux avec attention : il avait enfermé tranquillement dans son sac ce morceau de pain que je lui avais offert : je ne me repentais pas d'un mouvement de charité, mais je ne pouvais m'empêcher de sentir qu'il était moins pressé que moi, apparemment, de profiter d'un si faible secours.

On me parle d'aller à Rome étudier sous le P. Lucci. — Ma jeune sœur ne veut point se marier. — Je serai heureux quand je pourrai croire que tu vas l'être.

IX

A Laurent Ganganelli.

Florence, 7 juillet 1728.

Je ne me marie point. Je ne suis occupé que de mon négoce et de faire mon salut. Je vais par les campagnes, achetant des cocons et de la paille de riz. La confiance de mon patron en moi s'augmente de jour en jour ; il a promis de m'associer dans deux ans à ses entreprises.

On ne prend garde qu'aux riches, dans cette ville de Florence. Je ne vais pas à la promenade des Cascines, n'ayant point de carrosse ; à Boboli les commis marchands sont peu remarqués. Mon plaisir est de suivre, dans leurs exercices de piété, une confrérie de pénitens à laquelle on a bien voulu m'admettre : nous faisons des processions jusqu'à Fiesole (1).

Quand je suis seul en voyage, et que, sur ma route, près d'un village, au carrefour d'un bois, je rencontre une chapelle, une croix, une madone, j'y dépose un bouquet, ou bien une prière pour toi : je demande tout ce que tu désires.

Je vois que tu ne resteras pas long-temps à Ascoli, et j'espère que la Providence nous rapprochera un jour l'un de l'autre.

Je m'ennuie quelquefois considérablement. Je n'ai plus d'événemens à te raconter. Ma plus grande joie est de recevoir une marque de ton souvenir.

Je viens d'apprendre, en finissant, que tu étais déjà à Rome ; mais je ne le croirai point avant que Paolo Dazzi ne m'ait montré ta lettre.

X

A Carlo Bertinazzi.

Rome, 9 septembre 1729.

Enfin je m'accoutume un peu à l'idée d'habiter Rome. Je me calme sous cette pensée ; je m'acclimate, je crois, sur ce sol formé par d'illustres cendres, et qui est comme la terre promise de l'imagination. Dans les premiers jours, dans les premiers mois de mon arrivée ici, j'étais troublé par la solennité de mon existence sur ce point du globe. Je me réveillais pour me dire : — Tu es à Rome !

Inconnu à tout le monde dans cette grande ville, j'erre au hasard. Je crains de demander, sur les monumens qui m'environnent, des renseignemens qui contrarieraient peut-être mes impressions, ou dont les détails vulgaires profaneraient mon enthousiasme. Je me crois sûr d'en avoir reconnu quelques uns au seul aspect de leurs ruines. Quand personne ne peut me voir, je découvre mon front par respect devant ces murailles antiques. Je passe au pied de ces contemporains d'une si grande gloire, en silence et avec une profonde humilité.

(1) Trois milles de Florence.

Je suis arrivé à Rome à pied. Je venais de faire ainsi une longue route par les chemins les moins fréquentés de l'Italie. Que n'ai-je pu passer à Florence! Je voudrais te peindre quelles jouissances variées m'ont donné ces journées de fatigue, de solitude et de liberté. Souvent, comme le fondateur de l'Ordre où je veux entrer, je n'ai eu pour soutenir ma vie, que la charité des citadins ou l'hospitalité des campagnes, mais j'étais peu en peine de l'avenir. Pour me consoler de l'accueil que ces esprits forts faisaient quelquefois à un pauvre moine, j'observais cette nature qui embellit à mesure que le voyageur approche des contrées du Midi. D'abord le pays des sapins et de ces nuages gris que les Alpes attirent vers leurs sommets; puis des forêts de chênes; puis des champs couverts de mûriers; puis des coteaux qui blanchissent où qui verdoient, selon que les vents agitent les rameaux de l'olivier; enfin l'oranger, les myrtes sauvages, le câprier qui fleurit bleu sur les vieux murs et mêle ses couleurs à cet azur si foncé qui semble ajouter à la profondeur d'un ciel d'Italie.

Oublié du monde, j'errais sur ces versans de l'Apennin dont la couleur est fauve, et qui rappelle les ardeurs d'un soleil qui fait si tôt mûrir la vigne sur les branches de l'érable. Si, d'un côté j'apercevais les flots de Venise, de l'autre la Méditerranée couverte de voiles blanches, ses mille petits ports, ses cités en amphithéâtre, et les îles de la Gorgone et de la Capria; si, perdu vers le soir, sur les pics de Carrare ou de Monte-Sacro, je ne trouvais de sentier pour redescendre que le lit d'un torrent ou d'un glacier; si, poussé par les vents de mer, un grand nuage venait se coucher à mes pieds sur le flanc de la monatagne comme un oiseau de proie, j'étais ravi! je me croyais tour à tour dans cette contrée où le prophète conduisit Israël, ou dans les nobles solitudes de la première création.

J'ai vu Pérouse; j'ai vu l'éloquent désert où s'élèvent les remparts d'Assise. J'étais préparé à la grandeur et à la sainteté de Rome: mais que la campagne qui l'entoure a étonné mes regrards et serré mon cœur! La stérilité, la fièvre et la mort, voilà ce qu'il faut, pour ainsi dire, traverser, avant de s'agenouiller sur les marbres et les porphires de Saint-Pierre. Rome est-elle donc sur la terre ce qu'est au ciel le refuge des élus, où l'on ne parvient qu'après des épreuves et des peines? Ou plutôt ne serait-elle point punie, dans son éclat, d'avoir abandonné le travail et la simplicité des apôtres? Écartez-vous un peu, enfans, pauvres enfans! qui, si pâles et si débiles, essayez de jouer sur les bords de ce précipice. C'est peut-être là que coule le Tibre! Ce mendiant, que me veut-il? Il veut m'indiquer une autre profondeur, où l'on reconnaît, à vingt pieds sous le sol moderne, le sol foulé par les Romains du temps de Virgile.

Ainsi les dépouilles des générations, et les monumens renversés, et la constante incurie des riches, ont laissé la ville éternelle s'ensevelir elle-même insensiblement. Ces chèvres montent à présent sans peine sur les frontons d'un temple, et ces grands troupeaux de bœufs que conduit un seul pâtre du haut de son cheval et armé d'une lance, ils vont se désaltérer sous le pont Milvius. Voilà Rome!

Tout était silencieux et solitaire dans les premiers jours de mon arrivée; tout est bientôt devenu tumultueux et splendide; car le cardinal Lambertini, qui s'est imposé le nom de Benoît XIV, venait d'être élu par le sacré collége. Que d'étrangers sur les places, le long des rues, aux fenêtres des palais, jusque sur les toits inclinés des pauvres habitations! D'où sortaient-ils, tous ces montagnards faisant retentir l'air de leurs cornemuses devant les chapelles de toutes les madones? Où donc avait-on pu cueillir, pour en charger les routes, tant d'herbes odoriférantes et de rameaux fleuris? Durant trois jours, les chants de grâce, les cloches et les canons du fort Saint-Ange ont étonné mes oreilles un peu craintives; durant trois nuits, mes yeux ont vu, sans pourvoi se fermer, les cierges, les girandoles, les flammes jaillissantes du haut de la coupole de Saint-Pierre.

Ces honneurs doivent être bien fatigans, bien dispendieux, bien ennuyeux, même pour le pape. Pauvre bon vieillard! je le plaignais de tout mon cœur. A la première cérémonie, j'avais pénétré jusque dans l'église, et par curiosité je cherchais à m'élever un peu sur l'épaisseur d'une des frises qui entourent les piliers du chœur; mais, au lieu de m'avertir charitablement que cette action était irrévérencieuse, un sbire est venu me donner un assez rude coup de hallebarde; je me suis repenti de ma ferveur, et promis de ne plus revenir aux lieux où je ne suis pas à ma place.

Je sors rarement du couvent des Saints-Apôtres. C'est là que j'ambitionne d'obtenir une cellule, et j'ai encore peu de connaissances dans cette capitale du monde chrétien. J'ai fait cependant une rencontre assez singulière. Je ne sais pourquoi j'avais résolu de ne t'en point parler: j'éprouve une sorte d'embarras à te raconter les détails qui s'y rapportent. Il me semble pourtant que je n'ai rien fait que ma conscience me puisse reprocher. Tu en jugeras.

Il y a six mois environ (j'arrivais à peine à Rome) que je reçus un soir un billet par un domestique étranger. On m'écrivait, en anglais, que je pouvais rendre un service à une pécheresse et servir utilement la religion catholique. Je me rendis, sans trop de confiance en mon zèle et surtout en mon instruction, au lieu qu'on m'indiquait. C'était la villa Pamphili. Une dame d'un âge déjà avancé vint à ma rencontre, m'emmena dans son oratoire, et m'exposa à peu près ce que voici: d'abord qu'on lui avait dit beaucoup de bien de ma piété, et vanté mon érudition. Je savais plusieurs langues, la sienne entre autres, et elle avait assisté à quelques conférences religieuses où j'avais parlé, disait-elle avec supériorité; enfin, elle avait pris confiance en toute ma personne et m'avait choisi pour un grand œuvre. Elle ajouta toutefois qu'elle m'avait cru, de loin, moins jeune que je ne l'étais. Elle parut me considérer avec quelque surprise; elle m'avoua qu'elle avait supposé l'habit du professorat le vêtement d'un ordre consacré. Je voulus me retirer comme indigne d'entrer dans sa confidence, mais elle me retint. La démarche était faite; je ne pouvais refuser de commencer une conversion que les mains d'un prêtre confirmeraient ensuite.

Je suis catholique, ajouta cette dame, mais j'ai le malheur de voir sous mes yeux un être chéri qui a vécu et qui va peut-être mourir dans des liens hérétiques, une pauvre jeune fille.

Une jeune fille passa en ce moment devant nos yeux. Elle traversait, à quelque distance, le parterre qui orne le côté oriental du palais Pamphili, et je ne saurais dire quelle singulière opposition et quel étrange démenti sa seule présence éleva contre ces menaces de l'enfer dont on la disait poursuivie. Elle était belle et pensive. Sa promenade et les teintes du soleil couchant donnaient à ses joues une couleur de santé que depuis j'y ai rarement vu reparaître. Il me sembla que dans ce beau jardin elle rappelait, mieux que toutes choses, les images de pureté dont Eve avait été environnée aux premiers jours du monde.

A mon aspect, elle s'éloigna. La respectable dame crut devoir m'adresser des excuses sur cette démarche dont je n'étais point offensé. Elle m'expliqua tout ce que je devais savoir, peut-être même ce que je pouvais ignorer dans l'espèce d'entreprise que j'allais commencer. Je revins deux jours après, et ce fut miss Jenny qui me reçut elle-même, et seule, dans un des vastes salons d'été, où je vis qu'elle s'occupait à peindre des fleurs.

—Seigneur moine, me dit-elle, la dame qui vous envoie ici pour me convertir est, après mon père, la seule personne que j'aime le mieux sur la terre. J'obéis à une sollicitude dont je suis fort touchée; je me résigne à entendre vos discours, mais vous ne réussirez point à changer des idées que je respecte depuis mon enfance.

—J'avais cru, madame, lui dis-je, que vous désiriez vous-même éclaircir les ténèbres de votre croyance. — C'est un pieux mensonge qu'on vous a fait, répliqua-t-elle. Mon père est à Naples, et on profite de son absence pour tenter sur mon esprit malade de fatigantes épreuves qui ne me changeront pas. Je voulus m'expliquer à mon tour, elle poursuivit : — Sachez la vérité tout entière. Mon père avait épousé une Italienne : nous la perdîmes que j'étais bien jeune, et elle m'a laissée en ce monde avec le germe d'une maladie qu'on croyait calmer en me conduisant dans les climats du Midi. J'ai été élevée dans la religion protestante ; mais mon père, alarmé du dépérissement de mes forces depuis deux années, a fait venir auprès de moi, du fond de l'Irlande, une de ses parentes qui est catholique. Je pense qu'il est entré beaucoup d'espérance de me faire abjurer ce qu'elle appelle mes erreurs, dans les conseils que cette parente a donnés à mon père de me conduire à Rome. Mon père n'a pas jugé que je fusse assez forte pour l'accompagner à Naples, où ses affaires l'ont appelé depuis quinze jours ; et ma bonne et chère tante, qui m'aime comme son enfant, qui donnerait pour moi sa vie en ce monde, et peut-être une partie de ses espérances dans l'autre, profite de notre isolement et de ma condescendance, afin de me faire tourmenter et d'inquiéter ma conscience. Voilà ce que vous avez à faire.

— A Dieu ne plaise, répliquai-je aussitôt, que je me charge d'un tel emploi. Je n'étais déjà que trop indigne de vous enseigner la vérité, je me retirerai dès que vous l'ordonnerez. Je sais que quelques zélateurs du catholicisme pensent que c'est faire une action méritoire que d'obséder les dissidens, de violenter les consciences, de dérober pour ainsi dire des âmes, afin de les jeter dans le giron de notre Eglise ; mais je n'imiterai point cet exemple. Peut-être serait-il digne, madame, de votre bonne foi, de votre intelligence religieuse, de votre éducation cultivée, d'entendre les objections qu'on élève contre la parole des ministres anglicans; mais du moment que la grâce ne vous a pas encore parlé, mon devoir se borne à respecter ce qu'il y a de vrai dans le reste de christianisme que vous professez, à vous conseiller la méditation et à prier pour vous.

—Je vous trouve plus indulgent que je ne l'espérais, dit la jeune Anglaise : demeurez, je vous le demande, car, sur votre refus et à votre départ, ma tante voudra peut-être me confier à quelque directeur bien inflexible. Pour ne point la tromper dans l'espérance qu'elle a placée en vous, pour respecter à mon tour et votre croyance et votre caractère, je vous promets de vous écouter. J'essaierai de vous répondre ; et je m'engage à vous montrer toujours, dans sa sincérité, ma persuasion ou ma résistance.

Pendant plusieurs mois, je suis venu assidument à la villa. J'ai perdu les efforts de ma vaine éloquence. La jeune hérétique n'a point été touchée ; et cependant sa parente, le plus souvent admise en tiers dans nos entretiens, joignait l'autorité de ses prières, même quelquefois de ses larmes à mes exhortations.

Miss Jenny semblait, toutefois, se complaire en de si stériles et de si opiniâtres controverses. Il semblait que la mondaine satisfaction de perfectionner son langage italien, que l'orgueil peut-être de m'apprendre mieux celui qu'on parle en Angleterre; et le passe-temps de se promener en carrosse avec un pauvre cicérone comme moi, toujours prêt à expliquer Rome et ses environs ; et l'attrait de vanter son pays à un étranger ; et la joie innocente qu'elle aurait, disait-elle, d'y conduire un des habitans du pays de sa mère ; il semblait, dis-je, que tous ces rapports et tous ces contrastes composassent entre nous trois une espèce de sympathie. Mais, Charles, je la calomnie peut-être par les frivoles sentimens que je lui attribue, et je me hâte de lui en demander excuse par la pensée.

J'oubliais de te dire que le temps de mes épreuves est fini : demain je prononcerai mes vœux. Quelques personnes qui prennent ici intérêt à moi voulaient, non pas s'opposer à mon dessein d'embrasser l'état ecclésiastique, mais me faire renoncer au projet que j'ai formé d'être un religieux. Mon parti est irrévocable. Si c'est la piété qui fait parler ces personnes, elles conviendront bien que cette vertu brille éminemment chez les disciples de saint François ; et si c'était l'ambition, où pourrait-elle être mieux placée que dans un Ordre qui a fait la fortune de Sixte IV et de Sixte-Quint?

Mais je choisis bien mal le moment de t'annoncer cette nouvelle (si c'est pour toi une nouvelle) à la fin de cette lettre toute remplie de puériles étails : j'aurais dû ne m'occuper ici que de cette seule et imposante idée. Tout le jour je n'ai su agir que hors de propos, car cette même confidence, que j'entrais demain au couvent des Saints-Apôtres, je l'ai faite à miss Jenny et à sa parente, et j'ai si mal pris mon temps, au milieu des souffrances qu'elle endure, qu'elle s'est évanouie quelques instans après.

Adieu. J'ai choisi le nom de François en revêtant la robe de l'anachorète; mais aussi j'ai voulu garder celui de Laurent, parce que ma mère et toi vous m'avez appelé de ce nom, durant les jours de ma vie terrestre.

XI

A Carlo Bertinazzi.

Rome, 16 novembre 1729.

Eh bien! je suis au port et je soupire. Il me semble que les trésors que j'ai obtenus ne contentent plus l'inquiétude de mon esprit. Mon ambition satisfaite, je m'étonne d'avoir si peu désiré. Oh! que l'esprit de l'homme est insatiable et que Dieu le punit souvent avec rigueur, en accomplissant les vœux qu'il avait formés! On raconte que le sage Ulysse poursuivit longtemps à travers les écueils des mers son pauvre royaume d'Ithaque. Dans ses rêves, dans ses désirs, il se le représentait toujours couvert de fleurs et de moissons; il y descendit enfin, et poussa un soupir de tristesse à la vue des roches noires et des stériles rivages qui l'environnaient de toutes parts.

Je me demande quelquefois ce que nous faisons sur la terre. Serait-il possible que Dieu nous eût placés ici pour remplir une si immobile destinée? Même les plus laborieux parmi les hommes ne vivent en tous lieux que pour s'occuper de vivre; ils n'ont qu'une seule idée : la vie. Elle nous a été donnée un jour, et on l'achète le reste du temps qu'on en jouit. J'avais espéré qu'il était de la condition de l'homme d'exercer son entendement et toutes les facultés qu'il a reçues. Est-ce que ce petit manége d'affaires, d'intérêts ou d'ambition, ne s'arrêtera pas tout court un matin, et à peu près comme un de ces paysages mécaniques dont on aurait cessé de monter les ressorts?

Dieu sait bien que ce ne sont point les pompes et les richesses du monde que j'envie : il sait que j'ignore moi-même ce qui peut manquer à une existence qui lui est consacrée; mais je surprends quelquefois et avec terreur ma pensée hors des attributions de mon état. J'erre dans les souvenirs du temps qui n'est plus, et je crois le sacrifice que j'ai fait peu méritoire, puisque je n'ai pas même connu le prix des biens que j'ai sacrifiés. Quand je suis à charge à moi-même, je me dis : Telle est la dépendance où nous sommes d'un corps qui n'est pas toujours en un parfait équilibre. Dieu veut nous faire sentir que cette vie n'est pas notre félicité, et que nous serons toujours mal jusqu'à ce que nous la quittions.

Je n'ignore point que le travail peut aider à supporter le poids de l'existence; j'ai éprouvé autrefois que lorsque mes journées s'écoulaient sans avoir eu de communication qu'avec moi-même et mes livres, ma condition était au dessus de toutes les joies, de toutes les fortunes des enfans du siècle; mais il n'en est plus ainsi. Si je prends un livre, mon esprit ne perçoit rien. Je demeure dans un état qui tient de la vie végétative, jusqu'à ce que les signes tracés s'enflamment ou s'agitent pour former à mes yeux des combinaisons bizarres et un sens inattendu; je suis distrait ou préoccupé jusqu'en présence de nos supérieurs : ils sont peut-être scandalisés de ce recueillement sans objet, et je n'ose avouer qu'il y a bien long-temps que je n'ai dormi!

Charles, où est l'innocence de nos premières années? Paolo Dazzi veut se faire moine ; il m'a consulté : et je lui ai répondu pour l'en dissuader. On doit bien réfléchir quand on se surcharge d'obligations. C'est une voie extraordinaire que celle qui nous tire de la vie commune ; et malheur à qui n'aurait pas une vocation bien éprouvée pour la solitude ! Nous ne naissons pas moines et nous naissons citoyens. Le monde a besoin de sujets qui concourent à son harmonie. Renoncer au commerce de ses semblables, c'est descendre dans un tombeau ; et saint Antoine, qui vécut dans les déserts, n'avait pas fait vœu d'y rester toujours. Il vint au milieu d'Alexandrie combattre l'arianisme, tant il était persuadé qu'on peut servir la religion autrement que par des prières.

Hier on m'a fait demander au parloir ; c'était sire Edouard C***, le père de miss Jenny. Il m'a remercié de n'avoir point, disait-il, abusé de l'autorité qu'il suppose à un prêtre catholique dans le pays que nous habitons. Il voulait me faire une vertu d'avoir respecté dans un cœur pur des croyances pour ainsi dire natives et le culte de l'enfance. Tant que ses éloges étaient un reproche indirect à notre clergé qu'il juge intolérant, et que cet étranger semblait, en vantant ma conduite, faire la satire de l'Eglise romaine, j'ai été gêné, importuné de sa visite ; mais je n'ai pu retenir d'affectueuses paroles quand il m'a confié qu'il tremblait pour la santé, pour les jours même de sa fille. « Ces climats, disait-il, où sa mère a pris naissance, ne la sauveront pas. Depuis deux mois, elle dépérit encore ; et si cette saison, ordinairement favorable à son mal, la respecte, je crains le retour et la périlleuse action du printemps. Je sais par quelques mots que m'en a dit la personne qui avait eu recours si imprudemment à votre zèle que Jenny regrette de ne plus vous voir. Pourquoi ne viendriez-vous pas quelquefois encore à la villa Pamphili? Ce serait mieux qu'un religieux, ce serait un ami que nous accueillerions. »

J'ai voulu, je ne sais par quel sentiment, opposer à l'émotion d'attendrissement et de plaisir que me causait sa confiance, les occupations de ma place et la règle de mon cloître. Il m'a répondu avec raison que l'usage permettait quelque sortie aux frères Mineurs, et que s'il ne s'agissait que de demander à nos supérieurs cette permission pour moi, il la ferait solliciter par un ambassadeur. Je me suis hâté, comme tu peux le croire, de le faire renoncer à cette démarche, beaucoup trop solennelle pour un obscur religieux comme je suis, et j'ai vu qu'il prenait mon refus comme un engagement de vaincre moi-même les obstacles qui, en effet, ne me seront peut-être pas opposés. Quand il m'a serré la main, comme pour m'en remercier, je me suis trouvé obligé à faire ce qu'il désire.

J'irai donc, Charles : j'irai de nouveau, non pas édifier cette vierge qui se meurt, mais la consoler, s'il se peut, de se séparer de son père, et apprendre moi-même, à l'aspect de ses souffrances tranquilles, comme on renonce à la vie, à la jeunesse, à tous les biens de cette terre. Oh ! si la grâce descendait dans cette âme si bien faite pour la comprendre, si cette jeune créature entrait enfin dans les voies du salut, quel autre asile que le sein de Dieu mériterait de la recevoir, puisqu'elle ne rencontrera jamais sur la terre un être qui soit digne de lui être associé ! Je ne sais plus quel poète chrétien suppose que deux âmes créées l'une pour l'autre, et séparées ici par des malheurs et des préjugés, se réunissent au ciel pour ne plus former qu'un seul ange : c'est là une belle idée, n'est-ce pas?

XII

A Carlo Bertinazzi.

Rome, 2 avril 17[illegible].

Tu m'abandonnes, et tu as raison : les fautes repoussent l'amitié. Le malheur est presque toujours la conséquence d'une mauvaise action ou d'une mauvaise pensée, et Dieu a voulu que le malheur parût contagieux aux hommes. Ce qu'on appelle leur ingratitude n'est qu'une punition d'en haut, dont ils sont tour à tour les instrumens et les victimes. Il manquait des peines à mon châtiment, puisque je suis poussé aujourd'hui, malgré moi, à m'aliéner ton cœur, en te faisant l'aveu de mon sort.

Ecoute ; accuse-moi, frémis de devenir jamais aussi coupable ; mais n'oublie pas, Charles, que, dans le monde comme dans les cloîtres, ce sont aussi des vertus que la charité, la pitié.

Jenny..... Oh! qu'est devenu cet ange qui s'était révolté contre le ciel? Par où commencer le récit de ses douleurs et des angoisses que j'ai souffertes? J'avais consenti à retourner à la villa : rassuré tout à coup sur le sort de son enfant par cette sérénité, cet air de convalescence que les mourans ont coutume de reprendre avant de succomber, sir Edouard était allé jusqu'à Terracine, au devant d'une famille anglaise dont il attendait des soins affectueux et des distractions pour sa fille. Je remarquais qu'on me laissait seul plus souvent que jamais auprès de miss Jenny, et je fis cette observation devant elle-même, de peur qu'il ne vînt à lui manquer de secours: « Oui, me dit-elle avec un regard plein d'amertume et à voix basse, j'ai promis de me faire catholique, et il favorisent nos entretiens. — Dieu soit béni ! seriez-vous touchée enfin des vérités que nous avons essayé de mettre sous vos yeux? — Nullement. »

Et la présence de sa tante mit fin, ce jour-là, à cette singulière conférence. Je me retirai, en me promettant de ne point revenir, si je le pouvais, près de cette incompréhensible jeune fille.

Une seconde nuit allait s'écouler depuis que je ne l'avais vue. Je priais pour elle au milieu des ténèbres et durant le sommeil de mes frères, quand la porte du couvent retentit d'un grand bruit: je ne sais pourquoi je tressaillis, comme si les marteaux fussent tombés sur mon cœur. Bientôt je vins à penser qu'il s'agissait de quelque ordre pour notre prieur, et j'observais indifféremment le retentissement de plusieurs pas dans nos corridors, les lueurs d'un flambeau qui paraissait errer de cellule en cellule. Les pas et le flambeau s'arrêtèrent devant ma porte.

« Levez-vous, mon frère, et suivez ce laïque,» me dit un des supérieurs. Je reconnus un des domestiques les plus âgés de sir Edouard. Avant d'obéir, je demandai à parler à mon confesseur : « Allez où l'on vous appelle, me dit le pieux vieillard, l'heure de la grâce est sans doute venue ; épargnez des punitions éternelles à un hérétique. »

En arrivant au palais Pamphili, j'appris que c'était miss Jenny elle-même qui avait demandé à me voir ; et cependant, dès que j'approchai du lit de repos où elle respirait avec peine, les lèvres sèches et la poitrine oppressée, elle détourna la tête et fit signe qu'elle désirait être seule.

Quand je rentrai, sur une nouvelle instance: « Le voilà, dit-elle, l'inexorable! vient-il scandaliser sa vertu? Viens-tu encore disputer mon âme à Dieu en faveur de ton Église?

Je vis bien que le délire de la fièvre égarait sa raison; je m'assis en silence et je pleurai. Une de mes larmes vint à tomber sur mes mains jointes; elle s'en aperçut, poussa un cri, et saisissant cette main dans une brusque étreinte : « Vous pleurez! vous êtes donc accessible à quelque émotion, à quelque faiblesse? Et pourquoi pleurez-vous? De quel droit pleurez-vous ici! — Hélas! parce que vous refusez d'entendre des vérités éternelles et qu'au jour où Dieu nous jugera, ma sœur.... — Votre sœur? que ce nom est plein de douceur et d'ingratitude! ne me le donnez jamais. Je ne suis pas votre sœur ! »

Je m'efforçai de nouveau à entr'ouvrir aux clartés de la foi les yeux de la jeune fille: « Homme orgueilleux, répondit-elle, créature vaine, qui t'a dit que ta voix pouvait ouvrir les portes du ciel? Mais, continue ; si tes discours insultent la puissance de Dieu, il te pardonnera, et j'aime à entendre cette voix ! »

Je voulus encore me retirer ; un soupir déchirant souleva sa poitrine, elle éleva vers moi des bras sans force et me dit : —Restez ; c'est votre devoir. Ne faut-il pas que vous me consoliez. Exhortez les affligés à mourir, mon père, et parlez-leur d'une autre vie, afin qu'ils sortent de celle-ci sans blasphémer. — Votre résistance, lui dis-je, et votre refus d'adopter notre communion me font commencer ici une profanation bien plutôt qu'une assistance édifiante. Vous ne mourrez pas sans doute, et nous avons tous l'espoir de vous voir promptement guérir ; mais hâtez ce moment, en intéressant à votre salut le saint patron qui intercède pour vous dans le ciel.

—Je ne veux point guérir, dit-elle ; j'aime mieux aller dans le ciel dont vous parlez, attendre ceux que j'affectionnais ici-bas. Je reverrai les compagnes que j'ai laissées en Angleterre, l'auteur de mes malheureux jours, ma pauvre tante... et... n'est-ce pas, vous viendrez aussi un jour dans cet asile de repos et de bonheur ? — J'ignore où mes péchés conduiront mon âme, lui répondis-je. Je m'efforcerai, sans l'espérer, de mériter la divine miséricorde ; mais puis-je penser que ceux-là qui n'ont pas les mêmes croyances ne seront point voués à une éternelle séparation ! — Eh bien ! reprit-elle agitée d'un frisson que lui donnait sans doute la fièvre croissante, si je voulais être catholique ! si j'adoptais votre religion... que faudrait-il faire ? Vous me l'avez dit : je ne m'en souviens plus.

— Il faudrait chercher un prêtre plus digne que moi d'opérer cette œuvre sainte et lui faire d'abord l'entière confession de vos fautes. — Jamais ! jamais, répéta-t-elle, je ne livrerai les secrets de ma conscience à un étranger qui s'interpose entre Dieu et moi. J'ai vu à Rome combien elle était encourageante pour le crime, cette multitude de médiateurs : ici le meurtrier frappe son frère, apaise demain l'Église par un présent ou une pénitence, et devient sans scrupule parricide après-demain... Ces bénéfices, ces priviléges de vos confessions, j'en ai horreur. Mais... je puis avouer des fautes et des regrets à l'être qui compatit à ma souffrance et qui pleure... Ecoutez-moi.... J'ai aimé ! je meurs pour n'avoir jamais fait cet aveu. —Eh quoi ! dis-je en tremblant, un sentiment si naturel, d'où vient que vous ne l'avez pas épanché dans le sein de votre père ?—Oh ! vous pénétrez mon secret, dit-elle, parce que ce jour sera le dernier de ma vie. Je suis Italienne, et je n'ai pu le taire ; mais je suis Anglaise aussi, et si j'avais dû vous revoir encore une fois sur la terre, vous m'auriez interrogée en vain. — L'être en qui vous aviez placé vos affections... — Est le dernier à qui j'eusse voulu les avouer. — Et cependant vous étiez sans doute aimée.— Il y a eu des momens où je l'ai cru, dit-elle, mais je vois bien que ce n'était là qu'une erreur.

Elle se prit à pleurer, et je continuai : — Quel que soit celui à qui vous pensez, il vous eût chérie, croyez-moi, s'il eût entrevu l'espérance de quelque retour. Quel enfant du siècle n'eût répondu à de chastes sentimens, n'eût volé au devant de votre bonheur ? — Oui, le bonheur, répondit-elle ; il doit consister à aimer, à sentir que le cœur a rencontré un cœur qui peut l'entendre ! Oh ! j'aurais été bien heureuse si ma destinée avait pu s'appuyer sur celui que j'eusse choisi pour ami, pour époux et pour maître : être deux doit être la vie !

L'infortunée reporta alors son souvenir vers son pays ; elle y transportait son existence, devenue parfaite, et le tableau de ses félicités imaginaires était si pur et si séduisant, que je fus contraint de lui rappeler mon caractère, et de la supplier de cesser.

— Eh bien ! dit-elle, jugez donc de l'excès de mon malheur ! C'est un être insensible que j'aime ; j'en suis sûre à présent. C'est un orgueilleux armé contre la nature et la raison : un prêtre !

Je poussai un cri de désespoir.

—Oui, dit-elle, et un prêtre romain ; un de ces insensés papistes que le sentiment qui me tue ferait rougir ; un de ceux qui ont juré à Dieu d'être inutiles aux hommes.

— Oh ! ne le lui dites jamais, au nom du ciel, au nom de la pitié !

— Il le sait, murmura-t-elle, il vient de l'apprendre.

Je me couvris la face de mes mains pour cacher mes larmes et surtout ma honte. — Oui, poursuivit-elle, c'est toi ! Puisses-tu concevoir les angoisses qui m'ont précipitée au tombeau !... Pourquoi avez-vous prononcé des vœux impies ? Dieu a-t-il besoin qu'on le prie éternellement, comme un maître inflexible ? Croyez-vous que vos jeûnes, vos abstinences et l'éternelle psalmodie de vos chants, lui soient plus agréables que n'ont pu l'être aux faux dieux l'encens des sacrifices et l'odeur des victimes ? L'Evangile, voilà la règle des chrétiens : où as-tu vu qu'il commandât l'oisiveté des moines, les combats de l'homme contre lui-même, l'abnégation de toutes ces vertus que nos ministres, à nous, enseignent à la société par leur saint exemple ?

— Grâce ! lui dis-je. Eh ! pourquoi me punissez-vous d'un malheur involontaire ? — Hélas ! je vais mourir, dit-elle. — Et moi, Jenny, ne suis-je pas mort aussi ? N'ai-je pas déjà juré d'être étranger au monde, et ne suis-pas, comme vous, perdu pour tous ?

Elle sourit !

— Votre sacrifice ne durera qu'un moment; le mien, poursuivis-je, sera peut-être long et terrible. Avec quelle reconnaissance n'échangerais-je pas le trépas qui vous menace contre les années d'angoisses où va se traîner ma misérable existence !

— Ecoutez, dit-elle, les momens pressent : je sens un nuage sur mes yeux. Promettez de confier vous-même mes restes à la terre et de venir prier sur mon tombeau. Va, tu n'offenseras point le ciel ! Est-ce ta religion qu'il fallait adopter ? Je l'aurais fait pour partager ton sort dans cette vie et dans l'autre. Que ne parlais-tu, quand il était temps de me sauver. »

Lorsque je revins de l'évanouissement où je tombai alors, je me trouvai environné de spectateurs. J'étais à genoux devant une couche funèbre ; des femmes pleuraient, des serviteurs consternés s'interrogeaient sur l'absence de leur maître. Je sentis qu'une main puissante, la main d'un mort, avait saisi l'extrémité du rosaire que je portais. J'abandonnai avec ardeur ce gage qui peut la sauver dans un monde meilleur, et je revins au couvent des Saints-Apôtres me prosterner devant un confessionnal.

Que te dirai-je ? Notre vie, à nous, est un continuel sacrifice de volonté, un acte aveugle d'obéissance : il me fallut comparaître à la cérémonie des obsèques. Le bruit d'une conversion éclatante avait trompé l'oreille de nos supérieurs, et j'eus à remplir un devoir, un ordre, que mes remontrances n'avaient pu modifier.

J'atteste ici Dieu de la sincérité de mes sentimens : tant que miss Jenny conserva un souffle de vie, aucune affection coupable, aucun délire du cœur ne m'attacha à sa personne et à son souvenir. Morte, la pensée qui me la représente sans cesse alarme ma conscience. Soit qu'une telle destinée me pénètre d'un intérêt irrésistible, soit que ses dernières paroles aient éclairé mon cœur ou l'aient fasciné, je sens que désormais un remords me poursuivra partout, et que la même image traversera ma vie entière comme une ombre chargée de me punir.

J'ai marché derrière le cercueil. Mes yeux étaient remplis de larmes que je n'osais offrir à Dieu. Une voix menaçante s'est mêlée aux chants des prêtres, et l'ordre de ce convoi, qu'entourait toute la pompe catholique, a été troublé par l'apparition d'un étranger. Moi seul je l'ai reconnu, cet étranger : c'était son père. Il arrivait, disait-il, pour se voir deux fois ravir son enfant. Des sbires et quelques soldats de la garde pontificale se sont emparés de sa personne ; il a été reconduit à son palais afin d'être, pour ainsi dire, gardé à vue jusqu'à l'achèvement de la cérémonie. Alors j'ai eu la force de rentrer moi-même à la villa ; j'ai fait lever cet ordre qui retenait sir Edouard prisonnier, et je me suis présenté devant lui.

En me voyant, il s'est élancé sur ses armes ; et, que Dieu daigne me le pardonner, j'ai eu un moment d'espérance. Mais les invectives qu'il m'a prodiguées ont apaisé sa colère, et cette colère a fait place à un profond désespoir. Alors je n'ai pu retenir quelques aveux, et sir Edouard, en apprenant que sa fille était restée fidèle aux erreurs du protestantisme, a pleuré. J'ai cru sa vie assurée par ses larmes, et j'ai quitté pour jamais ce palais, ces jardins, cette habitation où le deuil, le printemps, la jeunesse et la mort venaient de se rencontrer.

Le saint-père a voulu me voir. J'ai pensé que toutes les rigueurs du cloître allaient être déployées contre moi ; je me suis rendu près de mon juge avec l'empressement d'un coupable qui veut s'efforcer d'expier ses fautes par des châtimens. Quelle a été ma surprise ! Lambertini m'a reçu avec un sourire ; et je pense que si l'horrible pâleur de mes traits et le maintien humilié de toute ma personne n'eût étonné le pontife, il aurait manifesté devant moi quelque chose de cette humeur facile et de cette gaîté douce et railleuse qui caractérise son esprit. « Je vous fais, m'a-t-il dit, consulteur du saint-office ; j'ai voulu vous voir et vous l'annoncer moi-même. » Il s'est aperçu que je m'efforçais de me récuser et de répondre. « Allez, a-t-il ajouté, je vous interrogerai une autre fois. » Il m'a donné sa main à baiser. Au sortir de l'audience il m'a fallu recevoir des félicitations et des éloges.

XIII

A Laurent Ganganelli.

Florence, 21 avril 1730.

La perte d'une âme qui t'a aimé me rend aussi triste moi-même que si j'avais perdu une sœur.

Jamais, dans le reste de ma vie, je n'oserai me plaindre de mes peines.

Si j'osais même te dire ici tout ce que je pense, tu serais étonné de me voir partager quelques idées d'une personne qui n'était point dans le sein de notre Église. Faut-il que toi, si digne d'inspirer et de sentir tout ce qui fait qu'on aime, tu te sois résigné à ne connaître jamais que l'amitié. Et pourtant combien je t'aime?

Ton mal t'aura appris bien des choses, n'est-ce pas ? Celui qui n'a pas souffert, que sait-il ? On pense beaucoup qand il faut veiller toutes les nuits et pleurer au son de toutes les heures !

Dis-moi, je t'en prie ; raconte-moi tout ce que je voudrais savoir. Ne ressemblait-elle pas à cette vierge du Titien, que nous allions quelquefois contempler ensemble dans la chapelle ?

Mais j'ai tort d'exagérer ta perte et nos regrets : tu es plus près du ciel qu'un autre pour que tes prières lui arrivent. Et j'espère moi-même en sa miséricorde ; il en a pour ses créatures les plus humbles. Dieu, dit l'Ecriture, entend la fleur s'ouvrir, et il distingue dans les bois le dernier souffle de l'oiseau.

XIV

A Carlo Bertinazzi.

Rome, octobre 1731.

Quelles que soient tes instances, n'attends plus que je te parle du sujet de mes larmes : c'est assez, c'est trop de t'en avoir entretenu une fois. Je n'ai dit ces choses-là qu'à toi seul au monde ; la confidence amène la confidence : mais je ne m'explique plus par quel sentiment involontaire nous sommes forcés à découvrir ce que nous voudrions cacher à Dieu même. Se taire et souffrir, voilà notre vie.

Ma nouvelle charge m'attire de nombreuses occupations : je suis chaque jour plus étonné de voir dans ma cellule des grandeurs et des éminences. Mais aussi pourquoi confier à un si jeune et si indigne religieux les fonctions qu'on me fait remplir. Douze cardinaux, plusieurs prélats, et quelques théologiens aussi obscurs que moi, composent la consulte du saint-office. Nous sommes juges des matières d'inquisition et d'hérésie, mais telle est la douceur ou la politique de la cour de Rome, qu'ici on ferme souvent les yeux sur des délits qui seraient punis du dernier supplice en Espagne et en Portugal. C'est donc de conciles, d'index, de rites, de gouvernement de l'Eglise, de décrets, d'examens d'évêques, en un mot, de toutes les jurisprudences ecclésiastiques, que me voilà occupé tout le jour. Je remplis tous ces devoirs avec zèle, mais je vois s'approcher le soir avec délice, parce qu'il me rend à la solitude.

Toutefois, dans cette solitude chérie, je ne suis pas toujours sans un trouble d'esprit qui m'est propre, ou sans importunités nouvelles de la part des étrangers. On nous écrit de toutes parts : l'un s'adresse à moi, qui ai tant besoin de conseils et d'appui, pour réclamer une direction pieuse ; l'autre prétend me faire décider dans les discussions de sa communauté. C'est la supérieure d'un couvent qui veut changer dans sa maison la couleur des habits, comme si la vraie dévotion consistait dans un air négligé et dans un vêtement brun ? La plupart des dévotes s'imaginent, on ne sait pourquoi, que les couleurs obscures plaisent davantage aux esprits célestes que les couleurs vives. Et cependant on nous peint toujours les anges en blanc ou en bleu. Si, dans le monde, une femme médit, paraît acariâtre, ou en colère contre le genre humain, c'est le plus souvent celle qui a un habit brun. La singularité ne s'allie jamais avec la piété : la propreté même n'est-elle pas ordonnée par l'Evangile, et ne veut-elle pas que nous lavions notre visage lorsque nous jeûnons, afin de n'être pas remarqués ?

Un prieur de l'ordre de saint Bruno sollicite pour que nous l'autorisions à abolir la coutume italienne qui permet la sieste à ses cénobites. Quand on est à Rome, il faut vivre à la manière des Romains : ce n'est point un scandale et un malheur, si un pauvre religieux, dans un pays où la chaleur accable, goûte une demi-heure de repos, afin de reprendre ses exercices avec plus d'activité. Pensez, disais-je au prieur lui-même, pensez bien, vous qui mettez au nombre des péchés capitaux un mot prononcé quand il faudrait se taire, que ce moment est celui où le silence est le mieux gardé. Voyez Jésus-Christ : lorsque, près de mourir, il trouve ses apôtres endormis dans le jardin des Oliviers : « Hélas ! leur dit-il avec la plus grande bonté : n'avez-vous donc pu veiller une heure avec moi ? »

Enfin il arrive ce moment où je suis libre et livré à moi-même. La nuit est une bonne âme sur laquelle je compte lorsqu'on m'a distrait : elle répare le dommage qu'on m'a causé, en me faisant part de ses heures et de son silence. Le matin me surprend quelquefois la plume à la main lorsque je crois n'être encore qu'à la moitié de ma veillée. Veux-tu savoir ce qui m'occupe lorsque je suis maître de mes souvenirs et quand je puis, hélas ! choisir mes pensées ? Je les considère, ces pensées que je viens de faire éclore ; c'est une famille qui m'appartient et qui peuple ma solitude. On n'est véritablement seul, d'ailleurs, que lorsqu'on s'isole de soi dans cette espèce de désert qu'ils appellent leur société.

XV

A Laurent Ganganelli.

Florence, 1er décembre 1733.

Que je suis heureux, mon bon et cher Laurent ! Je vais quitter cette ville de Florence où je me résignais à passer ma vie, et c'est à Rome, c'est auprès de toi que je me rends.

Mon oncle Gaetano s'est souvenu par hasard qu'il avait un neveu, et durant une crise de goutte qui l'a tourmenté, il m'a fait écrire de le venir voir.

Je l'aimerai peut-être quand je serai près de lui ; mais mon père m'en parlait souvent avec peu d'affection. « Mon beau-frère, disait-il, c'est un homme à s'endormir sur le mal qu'il fait. S'il avait trois anges gardiens à sa disposition, il en emploirait un à veiller sur son âme, et deux sur sa bourse. »

Mon oncle me fait écrire comme si je n'étais pas le fils de ma mère. Il ne me promet point de m'assurer de quoi vivre ; mais de m'apprendre, dit-i, à amasser de quoi mourir.

Lorsque mon marchand de soie est venu à savoir que ce chrétien était un juif, riche et vieux : « Carlin, m'a-t-il dit, je t'aime mieux à ton aise loin de moi, que nécessiteux ici. Le commerce de la soie, vois-tu, demande une autre capacité que la tienne. On t'offre une bonne occasion, mon garçon ? eh bien ! la fortune a ses caprices et ses heures du berger ; profite-s-en. »

Et je pars ! et dans cinq semaines, à peu près, je serai à tes côtés.

Un soir, que tu seras retiré dans ta cellule, que tu ne penseras peut-être qu'au bien que tu peux faire, ou que tu déchiffreras péniblement quelque manuscrit d'Orient, on frappera à ta porte : tu te sentiras pressé dans les bras d'un ami, avant d'avoir pu reconnaître celui qui t'embrasse : ce sera moi, moi qui t'aimerai tant qu'il me restera un jour à vivre.

XVI

A Laurent Ganganelli (1).

Paris, 2 juin 1738.

Que veux-tu ? il m'était impossible d'y tenir. Si je t'avais demandé conseil, tu m'aurais arrêté ; je n'aurais pu braver l'autorité de ta raison, et je ne peux, en conscience, me repentir de ma fuite. Cependant je suis un peu embarrassé de moi-même : je soupire quelquefois d'être si loin de mon seul ami.

Je suis désespéré d'être vicieux. J'ai joué presque tout ce que j'avais ; et j'ignore ce que pourra devenir à Paris un étranger comme moi. Mais toute cette incertitude vaut encore mieux que la richesse de mon oncle Gaetano. C'est un usurier qui voulait me faire usurier après lui.

D'abord j'ai voyagé agréablement dans la compagnie de ce M. Desormes, qui nous apprenait le français à toi et à moi ; mais il m'a bientôt quitté. Quand nous sommes entrés en France par Briançon, n'ayant plus d'argent, il s'est engagé. C'est ainsi que font beaucoup de ses compatriotes qui, la veille encore, étaient riches et marquis.

Je t'épargne les fautes et les sottises que j'ai faites ; je n'oserais te les raconter. Déjà, j'étais si mal à mon aise à Rome, quand, au lieu de me rendre chez le brave Brunetti où tu m'attendais le soir, je courais les prétendus plaisirs du carnaval ! C'était leur faute ; ils m'encourageaient tous à chanter et à me déguiser ; ils se rassemblaient par centaines autour du mauvais char qui portait nos mascarades, afin de m'entendre bavarder et de me voir vendre de la pouzzolane aux Romains, comme les charlatans d'Orviéto.

Ici, j'ai bien changé de manière de vivre : j'évite surtout les belles dames

(1) Ici se trouve, entre les dates de cette correspondance, un intervalle de cinq ans. Cette lacune s'explique par le séjour de Carlin à Rome : les amis en présence ne s'écrivaient plus ; et c'est ce qui fait comprendre aussi comment, dans la suite de cette double confidence, on remarque quelques allusions à des événemens dont l'exposition manque.

et je me souviendrai toute la vie de la maudite Frascatane, dont je n'ai été délivré que par tes conseils.

Me voilà enfermé dans l'hôtel où je demeure, rue des Prouvaires, à l'Image de saint François. Tantôt je pense à me retirer dans le célèbre monastère de la Trappe, et tantôt je crois que je vais mourir : je dis la même prière chaque soir à la même heure, afin d'être averti du moment. Quand j'ai parlé de cette pratique-là à un prêtre, il m'a blâmé ; et quand je lui ai demandé, en tremblant, s'il pensait que le diable pût se repentir un jour et être admis à la pénitence : « Mon bon ami, m'a-t-il dit, je vois que votre conscience est fort troublée ; mais ne confiez qu'à moi ces sortes de choses : autrement, voyez-vous, il y a, dans un village près d'ici, de très petites maisons où l'on pourrait vous offrir un logement malgré vous. »

A présent, je suis un peu plus tranquille. Depuis huit jours, je travaille à copier de la musique, je donne quelques leçons comme autrefois, et je me confie en la providence de Dieu.

XVII

A Carlo Bertinazzi.

Rome, 4 septembre 1739.

Je me disais toujours : Il a reçu une éducation chrétienne, il reviendra sur ses pas ; je le reverrai digne de mes affections. Si le calme est revenu, Dieu soit loué ! car ce n'est pas moi, mon cher ami, c'est lui qu'il faut remercier.

Si tu veux un plan pour te guider, voici tout simplement ce que mes faibles lumières et mon amitié m'inspirent. Grave dans ta mémoire les commandemens de Dieu ; ces premières lois d'où dérivent les autres se réduisent à peu de mots ; ces préceptes-là sont clairs et fondés sur la raison et le bonheur : ils n'ont besoin d'aucun commentaire. Lis quelquefois la parabole de l'enfant prodigue, et fais, le long du jour, quelque autre lecture qui t'édifie, non comme un esclave qui remplit sa tâche, mais comme un enfant qui revient à son père. On ne guérit pas les plaies de l'âme par quelques prières récitées à la hâte, mais par une longue volonté de devenir meilleur. La plupart des pécheurs, faute de cette persuasion, passent leur vie à offenser Dieu et à se confesser.

Que ces lectures ne soient pas longues, de peur que tu ne viennes à t'en dégoûter. Prends l'habitude d'assister au sacrifice de la messe. Fais l'aumône, pour réparer envers les pauvres le tort que tu leur a causé en donnant à des plaisirs criminels ou à des superfluités ce qui leur était dû. Renonce aux sociétés qui t'ont éloigné de Dieu et de toi-même. Il est facile de congédier des compagnons de débauche sans les brusquer : on leur parle honnêtement du genre de vie qu'on veut suivre, on les engage à s'y conformer ; on ne les entretient que de regrets sur le passé, que de bonnes résolutions pour l'avenir, et bientôt ils ne reviennent plus. S'ils reparaissent, c'est une preuve qu'ils changent de conduite eux-mêmes, et alors, au lieu de les éviter, on les reçoit avec plus de plaisir que jamais.

Ne reste pas toujours enfermé dans ta chambre : la retraite te jetterait dans la mélancolie. « Malheur à l'homme seul, » dit l'Ecriture ; et je pense qu'un des plus grands écrivains du siècle, déjà fameux en France par de déplorables paradoxes et une vie plus déplorable encore, doit les erreurs de son esprit et peut-être les peines de son âme à une trop constante solitude. Juge de son effet sur d'aussi faibles créatures que nous ! (1)

Cette tristesse qui te donnerait l'habitude de vivre ainsi, est un écueil

(1) Nous supposerions qu'il s'agit ici de l'auteur des *Confessions*, si la date de cette lettre n'impliquait pas anachronisme avec cette idée.

pour ceux qui s'occupent de leur conversion. Ils comparent la vie dissipée qu'ils menaient avec la vie sérieuse qu'on leur prescrit ou qu'ils s'imposent ; et il arrive que livrés à de vagues pensées et bientôt ennuyés d'eux-mêmes, ils retournent au devant des occasions qui les perdent.

Il faudra songer à exercer quelque profession qui t'occupe. On fait toujours mal quand on ne fait rien. Interroge ton esprit, consulte ton goût, et surtout adresse-toi à Dieu, afin de connaître ce qui peut te convenir. Je ne sais si l'état ecclésiastique fut jamais une de tes vocations : mais certainement il n'est plus fait pour toi. Il ne faut pas porter dans le sanctuaire les restes d'un cœur profané par le commerce du monde, à moins que la volonté d'en haut ne se soit manifestée d'une manière extraordinaire, ce qui est rare et plus admirable qu'imitable.

Le livre de Muratori sur la dévotion te préservera des dangers d'une fausse crédulité. Je te conseille de lire cet ouvrage pour éviter de tomber dans quelques faiblesses superstitieuses auxquelles je te vois accessible. Ne reçois pas des conseils indistinctement. Dans les maladies du cœur comme dans celles du corps, chacun peut donner son avis. Evite les cagots et les libertins : je ne croirai à ta conversion que quand tu te seras longtemps éprouvé.

Surtout point d'excès dans ta piété, point de parti violent : ce serait le moyen de retomber. Ne t'accable pas toi-même de vaines pratiques et de momeries; ne te décourage pas si tu es tenté ; les épreuves que subit la foi l'affermissent.

Voilà ce que je crois pouvoir te dire mon pauvre Charles. Je n'y mettrais pas plus de tendresse quand je l'écrirais encore avec mon sang, comme autrefois. J'ai voulu te réconcilier avec ton oncle qui t'appelle un mauvais sujet ; mais il n'a pas paru se rendre à mes exhortations. Je le crois trop dévot pour te pardonner. Seigneur, lui ai-je dit, c'est précisément parce que votre neveu a péché, qu'il a plus besoin que jamais des avis, des secours et des exemples des gens de bien. C'est une religion mal entendue que celle qui abandonnerait un jeune homme parce qu'il a donné dans les écarts. Savez-vous si ce mauvais sujet ne sera pas demain agréable à Dieu, pendant que vos services ne lui plairont pas ? car enfin il ne faut qu'un grain d'orgueil pour gâter la meilleure action. Le pharisien qui jeûnait deux fois la semaine fut repoussé; et le publicain qui s'humiliait fut justifié. Si la miséricorde du ciel dépendait de certains dévots, les coupables seraient bien à plaindre : la fausse dévotion ne connaît qu'un zèle menaçant ; tandis que Dieu, plein de douceur et de patience, attend le repentir de ceux qui ont prévariqué. Le salut de votre parent est peut-être attaché aux fautes qu'il a commises. »

Il m'a dit alors que tu n'étais point sincèrement revenu à la raison. « Est-ce à nous, ai-je ajouté, à décider si le cœur d'un chrétien qui paraît sérieusement rentrer en lui-même, n'est pas changé ? Outre qu'il n'y a que Dieu qui le sache, on doit toujours le présumer. Trouveriez-vous équitable de la part de vos voisins, témoins des bonnes œuvres que vous faites, qu'ils prétendissent que vous agissez par ostentation ? »

Je ne sais s'il n'était pas bien sûr que je ne mêlais pas un peu d'ironie à ces derniers mots, ou si sa conscience l'avertissait que ses bonnes œuvres n'étaient pas encore assez fréquentes ; mais il a fait la grimace, et s'est éloigné.

Moi-même je manque peut-être ici de charité. Que veux-tu ? je ne puis croire à la dévotion profonde de ces gens qui, comme le seigneur Gaetano, ont toujours un habit malpropre, la tête penchée, le visage austère et le langage doucereux (1).

(1) Nous remarquons dans cette lettre et dans une ou deux autres écrites par Gangenelli des passages qui offrent quelques rapports et quelquefois même une identité presque complète avec d'autres paragraphes de sa correspondance, publiée

XVIII

A Laurent Ganganelli.

Paris, 29 avril 1741.

Nul ne peut donc échapper à son instinct, mon bon ami? Il faut donc s'aller brûler à la lampe, après avoir fait mille détours? Pauvres moucherons que nous sommes! Me voilà encore une fois comédien; mais aujourd'hui c'est pour de l'argent que je joue; il n'y a plus à s'en dédire; et la misère m'a jeté sur le théâtre. Il a bien fallu divertir la compagnie puisque j'allais mourir de faim. Souvent je représente un matamore, et je tremble devant le dernier spectateur; j'excite la gaîté autour de moi, et je sens couler sous mon masque des larmes de chagrin.

Il ne me reste désormais qu'à suivre ma profession en honnête homme. Il y a d'honnêtes gens au théâtre, et surtout si l'on fait la part des séductions qui nous entourent, et qu'on veuille réfléchir qu'on excite là le plus immoral des sentimens : cet amour-propre aveugle et sourd qui perd ailleurs de saints personnages.

J'étais depuis long-temps dans la plus triste des sociétés ; je vivais tout seul. Et en me traînant chaque soir à la Comédie-Italienne, j'ai conçu le projet d'entrer dans cette troupe ; je sais assez de français pour parler l'italien que les spectateurs y entendent.

« On fait toujours mal quand on ne fait rien, » dis-tu? Ce mot m'a encouragé à entreprendre quelque chose; j'étais épouvanté aussi des propos et des actions que je remarquais de la part des désœuvrés, mes compagnons.

Quand je me suis présenté à M. Rochard, le régisseur, il m'a pris, à mon air mélancolique, pour un auteur ou pour un de ces pleureurs qui font métier d'aider à la contenance des collatéraux. Mais sur un mot de M. le duc de Nivernais, qui se souvenait que je l'avais amusé à Versailles, dans une pièce jouée par des clercs de procureurs, on m'a accordé la permission de paraître sur le théâtre de la rue Mauconseil.

Je n'ai pas voulu débuter par une pièce nouvelle : deux ou trois poètes offraient bien de me confier les vieilles inventions qu'ils avaient ajustées la veille, afin sans doute qu'il y eût qulque chose de nouveau dans la représentation ; mais j'ai résisté aux cajoleries qu'ils m'ont faites pour glisser leurs œufs dans mon panier. L'acteur que je remplace, M. Thomassin, avait plus de talent que je n'en aurai jamais ; mais j'ai préféré me hasarder dans un de ses rôles (Arlequin muet), plutôt que d'avoir à soutenir une vanité d'auteur par dessus la mienne.

J'ai dit à mes camarades : « Si votre nouveauté tombe, j'apprendrai comment le parterre siffle et c'est ce que je ne veux point savoir. Et si elle réussit, j'aurai peut-être à faire une triste comparaison entre sa réception et la mienne. Ils ont à peu près répété ces paroles-là au public, dans un compliment d'ouverture. J'ai paru, on m'a encouragé, et ils disent que j'ai réussi.

Mais voici bien le plus triste : Je suis allé, le lendemain de mon triomphe, au café où se réunit le beau monde, au coin de la rue Saint-Denis. Je voulais un peu savoir ce qui se disait de moi, et lire ma gloire dans la gazette. La gazette contenait là-dessus trois lignes insignifiantes, et les groupes ne faisaient aucune attention à ma personne. C'est bien à tort qu'on suppose toujours l'univers occupé de soi! mais j'étais si plein de mon mérite, que je ne faisais pas même attention qu'ayant paru la figure mas-

---

en 1776. Ou l'auteur mettait un peu de complaisance à répéter ses propres sentimens, ou l'anonyme à qui dans le premier recueil sont adressées ces mêmes lettres n'est autre que Bertinazzi.

quée, il était difficile que le public me reconnût dans la rue. Cependant j'avais repris ce journal peu intéressant : je m'étonnais de l'inutilité de tant d'articles, et de ce qu'il parlait de la Suède et de Marie-Thérèse, et des Pandours et jamais de moi, quand enfin j'ai découvert un long récit du refus qu'avait fait le curé de Saint-Méry d'enterrer un paroissien. J'ai demandé ce qu'avait pu faire ce pauvre homme? Comment? m'a dit un personnage à bas violets ; il était comédien. — Eh bien ! monsieur? Eh bien ! excommunié. — Excommunié ! — Infâme durant sa vie, flétri après sa mort.

Je suis sorti précipitamment. Si ce monsieur, qui faisait les yeux doux à la demoiselle du comptoir, avait su à qui il parlait, il aurait été scandalisé ! J'allai rapporter le tout à un de mes nouveaux camarades ; il me prêta, pour me consoler, une lettre sur les spectacles, que vient d'écrire à un de ses amis M. Rousseau de Genève. Quand j'ai vu que les dévots et les philosophes nous accablaient, j'ai senti que je n'avais d'espoir qu'en toi.

Est-il bien possible que nous en soyons où disent ces messieurs ? Quoi ! la voirie est l'enfer ! La plupart des nôtres s'en moquent; ils ne sont point jaloux, disent-ils, d'être mangés aux vers en compagnie des usuriers et voleurs de la paroisse; mais ce que je ne m'explique point, c'est la protection de la cour accommodée avec cette sévérité de l'Église. Pourquoi les comédiens de France ne font-ils pas écrire chaque matin sur leurs affiches, au lieu d'un autre protocole : *Les excommuniés du roi auront l'honneur de*, etc.

XIX

A Carlo Bertinazzi.

Rome, 22 janvier 1762.

Lorsque, dans ta jeunesse, tu fus effrayé avec raison de tes premiers pas dans la carrière du théâtre, je me serais gardé de te laisser entrevoir combien ces craintes étaient exagérées. Alors il fallait te les laisser, ces craintes; elles pouvaient te retenir loin des écueils que tu as bravés. Mais ta vocation l'emporte, ton sort est décidé, je ne te dois plus que la vérité sans menaces.

La seule Église gallicane proscrit les comédiens. Le pays que tu habites est le seul où la communion et la sépulture soient disputées aux personnes de cette profession. Cette inconséquence n'est pas la moindre dans le caractère d'une nation qui adore les spectacles.

Je sais que cette nation si indulgente ne partage guère, sur ce point, les préjugés de son clergé : mais n'est-il pas singulier, comme l'observe judicieusement un de leurs écrivains, le père Lebrun de l'Oratoire, que cette foule de chrétiens qui se réunissent tous les jours pour entendre et applaudir des excommuniés, ne demandent point, ou qu'on ferme les théâtres, ou qu'on procède moins rigoureusement contre ceux qui les font fleurir?

Les Pères de l'Église, un grand nombre de conciles, beaucoup d'autorités séculières respectables ont condamné, il est vrai, les spectcales. Saint Cyprien les jugeait incompatibles avec la loi chrétienne ; saint Augustin ordonne aux pénitens de s'abstenir des jeux de l'amphithéâtre. — C'est là, dit Salvien, que vous serez surpris d'une mort spirituelle. « Là, dit saint Jérôme, s'accomplit l'oracle du prophète : le péché entrera par les fenêtres de votre âme, c'est-à-dire les yeux et les oreilles. »

Le concile d'Arles, tenu en 314, celui de Trulle en 692, de Paris en 829, de Ravenne en 1286, de Tours enfin, en 1583, sévissent contre des hommes appelés histrions et bateleurs. Mais quelle ressemblance y a-t-il entre des malheureux faisant métier de profaner les choses saintes, d'irriter les passions honteuses, de débiter d'ineptes discours, et les habiles interprètes de ces hommes de génie qui ont consacré leur plume aux arts de la scène? Quand le goût des représentations grossières était si général qu'on les introduisait dans les couvens, jusque dans les églises et dans les cimetières; lorsque des religieux, pour vendre les vins de la dîme, louaient des bouffons, leur faisaient jouer des facéties sous le porche des monastères, et se mêlaient eux-mêmes parmi eux pour réjouir la multitude, un concile de Béziers eut sans doute raison d'interdire ce scandaleux commerce. Mais, en France, dès le quatorzième siècle, personne n'ignore que les spectacles ont commencé à prendre une forme décente. Ce fut un prélat qui fit cette réforme. N'est-ce pas le cardinal Lemoine qui acheta l'hôtel de Bourgogne pour les comédiens? Le Parlement ne confirma-t-il pas leur privilége royal, à la seule condition de ne plus jouer l'Annonciation, la Conception et la Naissance du Sauveur? Ce fut un cardinal encore, et le cardinal de Richelieu, qui fit enregistrer en **1641** une déclaration du Roi très chrétien, qui disait: « Ne seront point notés d'infamie les comédiens, lorsqu'ils n'useront d'aucunes paroles blessant l'honnêteté publique. » Richelieu ne composa-t-il pas lui-même et ne fit-il pas composer des fables héroïques pour ennoblir un genre de littérature qui est une des gloires de la France?

En tous temps, les comédiens ont fait, à Paris, de riches aumônes aux pauvres et aux églises. Ils ont eu long-temps une chapelle où le service divin se célébrait avec pompe. On lit dans plusieurs Mémoires, tous dignes de foi, et entre autres dans ceux de l'oratorien que je t'ai cité, qu'ayant soutenu un démêlé assez vif, en **1542**, avec maître René Benoît, curé de Saint-Eustache, ils en sortirent victorieux. Ce curé prétendait qu'ils ne commençassent point leurs représentations avant la fin des vêpres, attendu que quelques fidèles abandonnaient l'office. Les comédiens, qui faisaient déjà beaucoup de sacrifices pour les religieux et les pauvres, prétendirent qu'on les ruinerait, en hiver, s'ils étaient obligés de donner leur spectacle aux lumières; et le Parlement intervint auprès du curé de Saint-Eustache pour le prier de dire ses vêpres un peu plus tôt.

C'est la musique, c'est la danse qui font le danger de ces réunions où les sexes sont confusément rapprochés. M. Despréaux paraît fondé en raison. dans sa satire contre l'Opéra; mais, en général, l'art de Plaute et de Molière est plus exempt d'accusations. J'ai bien vu, en parcourant leurs écrits, que la vertu y est malheureusement quelquefois moquée; le spectateur y est excité à prendre parti pour la ruse; l'honneur des applaudissemens n'est pas toujours ménagé au plus honnête; les sots sont quelquefois victimes des méchants adroits; et, sous le nom de sottise, on punit souvent la candeur de la probité. C'est par cette fausse direction, donnée au talent des poètes, que je m'explique les remords de quelques uns à l'âge de la sagesse. Racine voulut faire une pénitence publique: Quinault, Dryden, et Lamothe se sont repentis; Corneille enfin, consacrant sa lyre à traduire l'Imitation de Jésus-Christ, épanchait, en mourant, ses regrets et ses larmes dans le sein de l'évêque de Meaux.

Mais il faut reconnaître que le théâtre aussi a flétri bien des vices. Molière fut une des plus honnêtes créatures de son temps. Son chef-d'œuvre, la comédie de *Tartufe*, a rendu beaucoup de services à la religion catholique. Quelques zélateurs n'en conviennent pas: cette pièce eut des ennemis à sa naissance; mais elle eut aussi quelques défenseurs... et j'avoue que je suis de l'avis de Louis XIV.

Pour le caractère d'Arlequin, celui-là est spécialement naïf et bon. Il est venu d'Italie; et ce n'est pas notre faute si la cour d'Henri III, s'ennuyant au Louvre des compositions de Jodelle et de Garnier, appela de Bergame, pour la divertir, le joyeux personnage qui porte un sabre pacifique, et le véritable habit qui siérait aux courtisans. Pourquoi nous l'emprunter pour le maudire? pourquoi le couvrir d'or durant sa vie, et lui refuser un peu de terre après sa mort? Rome n'est pas si rigide: elle concilie avec plus de philosophie religieuse ses divertissemens et sa charité. Plus d'un théâtre porte en Italie un nom consacré dans la légende. Saint Charles protège à Naples une scène magnifique, et l'image de saint Augustin n'est pas écartée, à Gênes, d'un temple des Arts que son invocation sanctifie. Le gouverneur de Rome, qui est ordinairement un évêque, a sa loge à *Argentina*. Tu te souviens d'y avoir vu Benoît XIV, invité par l'ambassadeur de France à entendre une cantate de Métastase en l'honneur de la naissance du Dauphin.

Les menaces d'excommunication ne sont pas choses qu'on se refuse à Rome, puisqu'il est écrit sur les portes de la chapelle papale à Saint-Pierre que quiconque montera, sans être chantre, dans la tribune destinée aux chantres, sera excommunié; mais Rome n'a jamais approuvé ce rituel de Paris qui, depuis 1654, sert de texte aux persécutions exercées contre les acteurs morts et les acteurs vivans.

Nous sommes plus avares de damnations : nous pensons que les anges, protecteurs des hommes, n'ont pas horreur d'un masque noir; et que sous la pourpre royale, ou la robe de l'histrion, ils ne repoussent que les mauvais cœurs; et que peut-être serait-on plus heureux, dès ce monde, s'il n'y avait de comédiens que sur le théâtre, et si l'on ne portait de figures fausses que pour amuser les oisifs.

XX

A Laurent Ganganelli.

Paris, 4 mars 1758.

Je m'étais dit que la seule excuse du métier, ou de l'art que j'exerce, était d'y réussir. Je me croyais un acteur parfait, parce que j'étais souvent applaudi et très bien payé. J'étais surtout fier d'être à la mode : car les belles dames ont donné mon nom à de petits chiens qu'elles portent sous leurs bras ou dans leurs poches (1).

Une conversation m'a désabusé. « Vous ne connaissez guère notre pays, me dit, il y a un mois, un vieil amateur qui entre dans nos coulisses, et me veut du bien : Vous êtes jeune encore et inconnu d'une partie du public : tant que vous conserverez quelque attrait de nouveauté, on vous écoutera; mais prenez garde qu'on arrive bientôt au fond de votre talent. Vous ennuierez, si vous ne parvenez point à vous rendre *divers*. Allez un peu voir Préville. »

J'ai suivi ce conseil. Préville était annoncé dans les deux pièces, et j'ai cru qu'on m'avait trompé ainsi que le reste des spectateurs; car je n'avais point reconnu dans le *Mercure galant* l'acteur qui nous avait charmés dans *Turcaret*.

C'est celui-là, mon ami, qui, au lieu de la figure immobile que nous portons, a des masques de rechange à sa volonté. Quelle souplesse, quels maintiens variés, et que de naïvetés différentes ! Il dit plus naturellement les paroles écrites et rimées que les auteurs ont faites, que nous n'exprimons, nous, ce qui nous vient spontanément à l'esprit dans les imbroglios italiens.

Ah ! je ne suis pas bon : j'en ai bien du chagrin. Mais je ferai de nouveaux efforts, et peut-être, comme on dit dans notre pays : *Col tempo e la paglia...*

P. S. Je t'envoie la tragédie de *Mahomet*, par M. de Voltaire. On dit qu'il a l'intention de la dédier au pape.

(1) Carlin.

XXI

A Carlo Bertinazzi.

Rome, 2 octobre 1745.

J'aime les Français. Puisque tu sembles avoir abandonné notre Italie, je te félicite d'habiter au moins la France.

Le courage et l'esprit de cette nation m'ont toujours séduit : sa vivacité est aimable ; ce peuple-là manque peut-être de la dignité des Anciens, mais il est entreprenant et joyeux. Je me rappelle qu'étant simple franciscain à Bologne, un petit-maître, fraîchement arrivé de Paris, m'aborda dans le cloître, exprès pour me dire : « Mon père, c'est en vérité par désœuvrement que je me promène chez vous, car je ne puis pas souffrir les moines. » Je remarquai que le pèlerin était fort incommodé de la chaleur : je lui offris de l'eau de neige et de citrons qu'on nous distribuait au réfectoire ; il accepta ; et, après avoir causé ensemble une demi-heure, nous devînmes les meilleurs amis du monde pour tout le temps qu'il habita la même ville. Il me serait permis de penser, sans vanité, que mes avis l'empêchèrent de faire une folie et de s'expatrier, tant la raison simplement déduite a d'empire sur ces cerveaux qu'on croit légers; mais une fois qu'il fut à dix lieues de Bologne, je n'entendis plus parler de mon intime ami.

Je m'afflige quand les Français ne sont pas victorieux dans toutes les guerres qu'ils entreprennent : les nouvelles de Prague et de Dettingen m'avaient humilié comme si j'eusse pris naissance aux bords du Rhône ou de la Meuse, et je me suis réjoui dans mon cœur de la journée de Fontenoy. M. de Voltaire a-t-il fait là-dessus un excellent poème ? J'y trouve plus de flatterie que de poésie, moins d'empressement à honorer la France qu'à chatouiller la vanité des nobles familles; il néglige la gloire pour cent petits triomphes, et sa composition n'a guère que les proportions d'une gazette. Cependant je reconnais que si les écrivains français ne sont pas aussi riches en expressions que les Italiens, ils le sont davantage en pensées. Nous, nous avons une langue qui nous rend paresseux à penser : elle est si douce et si belle, que nous croyons avoir assez fait quand nous l'employons avec art. Chacune de nos poésies est une espèce de bouquet qui plaît, mais nos fleurs ne produisent point de fruits. Les écrivains de France au contraire invitent à la méditation. Montesquieu approche de Tacite; et combien ne faudra-t-il pas de nos sermons pour en rendre un seul de Bourdaloue ! Je voudrais qu'on fondît la littérature de tous les pays pour en faire des ouvrages dignes de satisfaire les bons esprits : le style clair des Français modérerait peut-être l'enthousiasme oriental, et le style italien échaufferait l'idiome allemand. La poésie italienne ne te semble-t-elle pas un feu qui pétille; la poésie espagnole un feu qui brûle ; la poésie française un feu qui éclaire, et la poésie anglaise un feu qui noircit ?

J'ai lu la tragédie de *Mahomet* que tu m'as envoyée : je pense que son auteur a moins dirigé cet ouvrage contre le fanatisme que contre la religion. Il a voulu montrer ce que peut produire d'odieux le nom de l'Eternel et les intérêts du ciel invoqués par un fourbe qui triomphe et jouit de ses forfaits. Il prétend dévoiler comment toutes les religions commencent : et la philosophie de sa pièce, armée en apparence contre des erreurs étrangères, est toute hostile contre la croyance des chrétiens. Sont-ce des Orientaux que veut peindre le poète, quand il dédaigne d'en reproduire les mœurs, le langage, les passions, et toutes les couleurs historiques ? Non, non, le piége est grossier : un homme si érudit, et qui viole ouvertement toutes vraisemblances, qui tantôt fait parler d'*honneur* à je ne sais quel sauvage de l'Amérique, et tantôt de galanterie à un Turc aux genoux d'une femme esclave; cet homme, dis-je, n'est pas de bonne foi dans son art. Le théâtre n'est pas pour lui un but, c'est un moyen; c'est une chaire où il professe ses doctrines. Là, le peuple attiré à lui par l'attrait d'un plaisir est éclairé ou corrompu à son gré.

Ton grand homme de prédilection a, en effet, offert la dédicace de sa tragédie au saint-père, et le saint-père l'a acceptée. Benoît XIV, spirituel et trop sensible à l'hommage des talens, ne sait plus à quatre-vingts ans les affaires qui sont étrangères à Rome et à son siége. Il ignore que M. de Voltaire, obligé de céder, il y a dix mois, aux oppositions qui s'élevèrent de toutes parts contre son drame, et luttant encore aujourd'hui contre l'avis de quelques magistrats, et peut-être la disposition douteuse d'un public qu'il veut affronter de nouveau, n'est pas fâché de s'étayer d'un si singulier appui que de celui d'un pape. Il croit imposer silence à Paris en faisant entendre la voix de Rome. Son humilité n'est que de la politique. Est-il bien conforme, d'ailleurs, aux saintes idées du respect et de la convenance, de faire intervenir le chef de l'Eglise en matière de théâtre, un vieillard au milieu des intrigues et des futilités du siècle?

J'ai pris pour toi copie de cette dédicace: elle est peut-être déjà fort connue à Paris où l'auteur a tant de partisans indiscrets; mais je t'envoie la réponse, qui certainement n'y est point parvenue, car elle suivra des lenteurs presque diplomatiques. Elle n'a été remise que ce matin à M. le cardinal de Bernis, qui a bien voulu me la communiquer.

A S. S. Benoît XIV.

« Que Votre Sainteté daigne me pardonner la liberté que prend un des plus humbles, mais l'un des plus grands admirateurs de la vertu, de consacrer au chef de la véritable religion un écrit contre le fondateur d'une religion fausse et barbare.

» A qui pourrais-je adresser plus convenablement la satire de la cruauté et des erreurs d'un faux prophète, qu'au vicaire et à l'imitateur d'un Dieu de paix et de vérité?

» Que Votre Sainteté permette que je mette à ses pieds le livre et l'auteur. J'ose lui demander sa protection pour l'un et sa bénédiction pour l'autre. C'est avec ces sentimens d'une profonde vénération que je me prosterne, et que je baise vos pieds sacrés. »

Réponse.

« Benoît, pape, à son cher fils, salut et bénédiction apostolique :

» Il y a quelques semaines qu'on me présenta de votre part votre tragédie de *Mahomet*, que j'ai lue avec un très grand plaisir. Le cardinal Passionei me donna ensuite en votre nom l'excellent poème de *Fontenoy*. Monsignor Leprotti m'a communiqué votre distique pour mon portrait; et enfin le cardinal Valenti me remit hier votre lettre du 17 août. Chacune de ces marques de bonté mériterait un remerciement particulier, mais vous voudrez bien que j'unisse ces différentes attentions pour vous en rendre des actions de grâces générales. Ne doutez pas de l'estime singulière que m'inspire un mérite aussi reconnu que le vôtre. »

Ensuite, le bon Lambertini entre dans quelques détails de prosodie latine, matières sur lesquelles il a beaucoup de savoir, et dans l'examen des valeurs d'un monosyllabe employé dans le distique composé pour son portrait.

Tu vois, mon bien-aimé Charles, que quand le souverain pontife correspond en de si bons termes avec un profane auteur de pièces de théâtre, un obscur frère, comme je le suis, peut, sans compromettre son caractère, écrire au plus dévot des comédiens.

XXII

A Laurent Ganganelli.

Paris, 25 mai 1747.

Je fais ce que je peux pour m'enorgueillir de mon sort je n'en saurais venir à bout : J'ai beau prendre au mot mes admirateurs, rendre aux impertinens leurs dédains, démontrer par exemple à tel marquis que le nom d'Arlequin est beaucoup plus connu et plus impérissable que celui de ses ancêtres : cette supériorité ne m'éblouit point.

C'est quand je viens à regarder de près les superbes qui nous jugent que je suis humilié de ma dépendance. Me prend-il fantaisie de descendre au parterre, pour me mêler aux oracles du bon goût, un soir qu'il s'agit de prononcer sur la pièce nouvelle, où je n'ai point de rôle ? j'entends beaucoup d'innocentes paroles : je trouve messieurs les spectateurs avares de justice, et quelquefois d'intelligence.

Ce qu'approuve ordinairement ce « respectable public, » comme nous disons en Italie, c'est une grosse sottise. Et, depuis l'orateur athénien qui se retournait, s'entendant applaudir, pour demander ce qui pouvait lui être échappé d'absurde, jusqu'aux jugemens rendus ici sur leur *Athalie*, leur *Misanthrope*, et ce sonnet dont je t'ai raconté l'histoire, que d'exemples d'gnorance de la part de l'aréopage! que d'autorités contre son esprit!

Ce qui est nouveau, ingénieux et hardi choque infailliblement le public, ou l'indispose : il n'aime que ses plus vieilles connaissances. C'est ainsi que nos intrigues banales, et ces plaisanteries que j'appellerais pétrifiées tant elles sont immobiles au théâtre, lui conviennent toujours comme à de vulgaires estomacs les mêmes mets, comme à des gens malpropres le même vêtement. Il sourira quarante ans de suite à ce qui l'a fait sourire un soir. Cent générations de parterres n'ont pas encore usé les mêmes fadeurs sur l'amour et les roses, les mêmes grossièretés sur le bavardage des commères et l'impéritie des médecins.

Je ne dirai point, comme le père Porée, que nos amateurs de théâtre sont des oisifs faits pour être spectateurs de toutes choses, excepté d'eux-mêmes ; que leur but est de tromper l'ennui de leur propre existence ; qu'ils viennent chez nous sans discernement, pour échapper, durant une heure, à leurs querelles domestiques ou à leurs mauvaises affaires. J'ai trop de respect envers ceux qui nous enrichissent pour ranger des filles perdues et des chevaliers d'industrie au premier rang des personnes que doivent surtout charmer les comédiens et les poètes ; mais puis-je m'empêcher de voir ce que je vois ?

Si la critique ne venait quelquefois l'éclairer et le soutenir par ses lisières, ce fameux public marcherait souvent de travers, et irait donner du nez contre les plus ridicules ouvrages. Il goûte le bon ou le mauvais, à peu près comme ces enfans qui portent tout à leur bouche.

Quand les spectateurs se sont frappés des défauts d'un ouvrage, ils sont aveugles sur toutes ses beautés. Quand, du poisson qui lui est servi, le public, au lieu de la chair, se met à manger les arrêtes, il devient intraitable.

Il est fort délicat en matière de probité théâtrale ! il ne souffre point qu'on délibère jamais devant lui entre un profit et un désintéressement romanesque. Si, devant l'hésitation comique d'un valet ou d'un tuteur prêt à s'enrichir aux dépens du maître ou de la pupille, quelqu'un se révolte sur les derniers bancs du paradis, croyez que c'est un de ces juges des beaux-arts assez distraits par l'enthousiasme pour prendre tout à l'heure dans la poche de ses voisins le mouchoir qui doit essuyer ses larmes.

La canaille aime les belles maximes. Elle poursuit de ses huées tous les portraits qui lui ressemblent. A l'aspect d'un fripon qui agit sur la scène, tous les fripons de la salle sifflent comme le singe qui ne se reconnaît pas dans un miroir.

Les héros ne doivent point montrer de faiblesse, et les princes doivent se garder de redevenir hommes. Quand du coin de sa place à quinze sous le clerc de la bazoche sympathise avec le Roi des rois, il ne lui permet point de mollesse. Quand, au lieu de l'aune de son comptoir, le boutiquier tient le sceptre, il règne en tyran farouche.

Ce bon public respecte les habits brodés. Dans un nouvel ouvrage dont le mérite lui paraît douteux, si ce sont des paysans qui occupent la scène, il ne tarde pas à les mépriser. Si, au contraire, le personnage s'appelle monseigneur et qu'il soit couvert d'oripeaux, il l'écoute long-temps. Le manteau espagnol surtout lui en impose.

Il en est de même si, au lieu de parler naturellement et comme on parle, on récite devant lui un jargon mesuré, espèce de psalmodie narcotique, et qu'on appelle ici des vers. En France, ces longues choses, à qui je ne sais quel *Alexandre* a donné son nom, sont toujours terminées par des rimes. Cela tient lieu de pensées. Les vers déguisent l'absence du talent ; chez la plupart des auteurs, ces cadences et ces sonates ne sont que des cache-sottises. Il y a à Paris beaucoup d'imbéciles qui font très bien les vers. Et la foule civilisée écoute ces sonates qui retentissent à ses oreilles en tic-tic et en toc-toc avec une sorte de vénération. Je te certifie que ce peuple, qui passe pour le plus impatient et le plus gai, est le plus intrépide de tous à s'ennuyer.

Je subis les chances diverses de ma fortune. Tantôt on m'encourage, et tantôt on me reçoit froidement, mais en tout je me félicite encore d'être ici. Je n'ai jusqu'à présent qu'une chaise à porteurs et deux laquais; mais qui est-ce qui sait ce que la mode me réserve dans un pays où Dominique, un des illustres qui a tenu avant moi le sceptre de bois, avait cinquante mille francs de rente pour soutenir notre dignité héréditaire?

Je te parle un peu de ma fortune pour que tu en parles à mon oncle : il me pardonnera tout si je suis riche. Il me féliciterait d'avoir gagné dix baïoques sur la ruine de vingt familles. C'est pour lui qu'aura été fait ce proverbe : « C'est un homme à brûler votre maison pour se faire cuire deux œufs. »

Je ne suis embarrassé que d'une chose, ami; c'est de prendre le courage de t'adresser tout ceci. Il me semble que si nos rapports étaient connus, on ne nous épargnerait point les railleries.

XXIII

A Carlo Bertinazzi.

Rome, 5 novembre 1759.

Les gens du monde se moqueront de nous, dis-tu? Et de quoi ne se moquent-ils pas? Je ne connais aucune personne, aucun ouvrage, aucune démarche, aucune vertu qui n'ait ses détracteurs. Malheur à qui se moque de l'amitié! je plains ceux-là qui consultent les rangs pour la sentir. Je ne connais, pour moi, ni inférieurs, ni supérieurs : partout où j'aperçois des hommes, Jésus-Christ m'a montré des frères.

Mais je m'en vais rassurer ta susceptibilité : elle me semble une contradiction plaisante avec le mépris que tu fais d'une bonne partie des oisifs. Une fois pour toutes, et pour toute la vie, j'ai pris des précautions afin d'assurer le secret de notre correspondance. Un franciscain, le père François, qui s'est attaché à moi pour toujours, est chargé de recevoir tes lettres, et de faire partir les miennes. Il a le dépôt de ces mystérieux rapports entre nous. Ainsi, Carlin, quelque événement qui survienne et nous sépare, fusses-tu réservé au trône électif de Pologne, et moi à porter la parole de Dieu aux habitans des forêts américaines, j'espère que nous ne violerons point nos engagemens.

Quand il y a long-temps que tu ne m'as parlé, il me semble qu'une partie de mon existence me manque. Il faut avouer que, comme le dit saint Augustin, « l'amitié a quelque chose de bien doux; et quiconque n'en connaît pas les douceurs doit s'exclure de la société. » Le Sauveur du monde a divinisé ce sentiment par l'attachement qu'il sentait lui-même pour saint Jean.

Laisse dire le monde : ne soutient-il pas aussi que les moines n'aiment personne? et j'ai trouvé dans le cloître des cœurs sincères et officieux. Mais mon cœur, à moi, t'appartient tout entier. Nous sommes placés dans la vie comme deux pèlerins qui descendraient ensemble les deux rives d'un fleuve. Ne peuvent-ils se parler et s'entendre, bien qu'un obstacle les sépare? Ne se rejoindront-ils pas dans l'abîme où le fleuve se perd à la fin?

On n'a jamais défendu à qui reste au port de s'intéresser au navigateur dont la barque est livrée aux flots. Un moine enfin ne peut-il aimer un comédien, quand l'Eglise, qui en a canonisé jusqu'à cinq, nous retrace encore avec édification l'histoire de saint Genest ?

XXIV

A Laurent Ganganelli.

Paris, 4 mars 1751.

Je t'envoie les brochures à la mode, les journaux, les pièces de théâtre que j'ai rassemblés à la hâte pour profiter de l'occasion. Puisse cet énorme paquet apaiser un peu ton appétit littéraire! Tu te plains de n'avoir point de feuilles publiques là-bas : nous ne formons guère à Paris les mêmes regrets; et outre la *Gazette* et le *Mercure de France*, on recherche l'*Année littéraire* et le *Journal de Trévoux*. J'entends même parler quelquefois de fonder un nouveau recueil sous le titre de *Journal étranger*.

Je me suis fait présenter à messieurs de la critique. Ils se réunissent souvent chez notre camarade Silvia, où préside M. de Marivaux. C'est là que j'ai connu les beaux esprits en faveur : MM. Titon du Tillet, Desforges-Maillard, de Hesse, Châteaubrun, Marmontel, Clèves d'Arnicourt, Rémond de Sainte-Albine et quelques autres. C'est là que j'ai entendu la tragédie d'*Astyanax*, et les beaux vers de M. de la Louptière, qui occupent les cent voix de la renommée.

Il vient aussi quelques peintres chez Silvia. J'ai fait une connaissance particulière avec Vanloo et le graveur Flipart, élève de M. Natoire, maintenant directeur de l'école française à Rome. C'est lui qui te remettra, avec cette lettre, tout ce que je t'envoie.

Ne va pas croire, mon bon ami, ce que te diront les gazettes sur le mérite des ouvrages que je n'ai pu te procurer. Il y a ici un pacte fait entre les médiocrités qui produisent, et les médiocrités qui jugent. Les auteurs, à Paris, se soutiennent comme Bohémiens à la foire de Sinigaglia. Attaquer l'un, c'est les attaquer tous; l'impartialité est de l'envie, la justice est de la haine. Voltaire seul se tient loin de ces bureaux d'esprit : c'est l'aigle sur le mont Jura; les étourneaux voltigent en troupe dans les plaines.

C'est ici comme en Italie, où Salvator Rosa disait déjà de son temps, dans une de ses satires et en parlant des auteurs :

> Tutti cantano mai le cose istesse,
> Tutti di novità son previ affato.

Et cela est si vrai, qu'ici le mot *original* se prend en mauvaise part : c'est presque une injure.

Les peintres sont plus vaniteux peut-être encore que les écrivains. Tout brochurier est bien un Tacite, et tout rimeur d'odes a du *génie*; mais les barbouilleurs de toile se croient rabaissés par une comparaison avec Raphaël. Quand on a vécu avec des peintres, on va se débarbouiller avec les poètes.

Je remarque que si quelqu'un est en doute de son propre mérite et parle de lui avec réserve, ses juges le prennent au mot. La plupart de nos Aristarques ne dirigent point le public, mais ils le suivent, mais ils enregistrent ses jugemens, et font le procès-verbal de ses caprices. On nous endort surtout dans le respect des règles, dont se joue l'imagination italienne dans les moindres canevas. La pire de toutes les sottises n'est-elle pas une vieille sottise?

Mais je me tais. Si on me soupçonnait ces opinions, je serais perdu.

Ce qui me blesse beaucoup plus que tout cela, c'est le manque absolu de religion. Tu frémiras à la lecture des livres que je t'envoie et qui sont publiés, dit-on, par les enfans perdus de la secte *encyclopédiste*. Je ferais bon marché de tous ces impies. Je ne m'opposerais point à ce qu'on sévît contre leurs doctrines..... mais j'en excepte M. de Voltaire. Il est si amusant ! Ses écrits me détachent de tout. Je me sens le cœur dégagé d'affections gênantes quand je m'abandonne à sa philosophie. Et puis il fait de si belles recettes à la Comédie-Française !

XXV

A Carlo Bertinazzi.

Rome, 18 septembre 1753.

L'incrédulité que tu me montres partout m'alarme sans m'étonner, mon cher condisciple. Ces choses avaient été prédites dans les livres saints, l'esprit de l'homme est capable de mille écarts dès que son cœur a quitté les voies d'innocence et de simplicité. Du désir qu'on a qu'il n'y ait point de Dieu pour punir le crime, on conclut qu'il n'existe point en effet. Du déisme à l'athéisme la pente est dangereuse et facile.

Cependant, et malgré les déplorables conséquences de la nouvelle philosophie, je suis d'avis qu'il ne faut point irriter ceux qui la professent. La foi est un don de Dieu. On ramènera plutôt les incrédules par la douceur que par la sévérité : on prend avec eux un ton d'orgueil qui les blesse, et d'autant mieux qu'on leur répond souvent avec beaucoup moins d'esprit qu'ils n'en mettent dans leurs discours et dans leurs écrits. Le plus petit ecclésiastique croit de son devoir d'attaquer, sans penser que si son zèle est louable, son savoir, qui n'y répond pas, fait plus de mal que de bien. Pour combattre des hommes habiles, il faudrait de l'habileté.

Ce n'est ni en déclamant, ni en invectivant, que l'on convertit : il faut des exemples et des raisons; il faut de la modération, et surtout convenir que la religion a des mystères incompréhensibles. Tant qu'on ne tiendra pas les anneaux de cette chaîne qui lie la terre au ciel, on ne confondra point l'incrédulité. Pourquoi refuser d'avouer que notre doctrine catholique a ses obscurités? La foi, selon la définition même de saint Paul, est la certitude des choses qui n'apparaissent pas. Le zèle impétueux qui veut faire descendre le feu du ciel excite la haine : une bonne cause se soutient d'elle-même et celle de la religion doit se faire respecter par ses œuvres. Tout ce qui respire l'animosité, d'ailleurs, est contraire au christianisme.

Je ne sais, mais si j'avais le loisir, surtout la capacité de combattre cette philosophie de mon siècle (qui ne console de rien), j'ai la présomption de croire qu'aucun sophiste ne se plaindrait de moi. Je ferais voir que nos adversaires n'ont pas bien saisi le sens des livres saints, ou qu'ils manquent de bonnes raisons pour en nier l'authenticité. Je pense bien que je ne les convertirais pas, car il n'y a que Dieu qui éclaire et change les cœurs, mais du moins ils ne se déchaîneraient pas contre les défenseurs de cette religion d'égalité.

Puisque Dieu souffre les incrédules, mon ami, nous devons les supporter : ils entrent dans ses desseins, c'est par eux que la religion paraît plus forte et que les justes sont exercés dans la foi. Il n'est pas étonnant que tant d'âges superstitieux aient amené un siècle d'incrédulité : les orages passent et ne servent qu'à faire briller d'un plus vif éclat l'azur et la sérénité du firmament.

Je vois que je t'ai blessé dans ton admiration pour M. de Voltaire (sentiment un peu contradictoire avec quelques autres que je te connais), et pourtant je ne puis m'empêcher d'insister sur les torts que je reproche à ce beau génie. Toi-même, en le vantant, tu en fais une amère critique! Ses productions offrent plus de paradoxes que de sains raisonnemens, plus d'objections que de solutions, plus de railleries que de preuves, plus de chaleur que de lumière, plus de superficie que de profondeur. Les hommes légers le trouvent merveilleux : et comme ils forment le plus grand nombre, les livres qu'il publie ont de la réputation : le style entraîne, et l'on s'extasie sans penser que le coloris n'est pas le premier mérite des tableaux.

Nous vivons dans un temps bizarre : jamais on n'eut moins de religion et jamais on n'en a tant et si stérilement parlé. Ce n'est point que je veuille récriminer contre mon siècle : si ce n'était pas en haine du dogme qu'il hait les religieux, je ne lui en ferais pas de reproche. Il peut avoir raison quand il se plaint de notre grand nombre et de nos engagemens quelquefois précoces, dans une profession qui dure toute la vie; mais c'est une injustice que d'exiger que tous les solitaires entrent en solidarité aux yeux du monde, et que la faute d'un seul soit regardée comme la faute de tous. Il est à regretter que tant de lumières accordées à cette génération ne servent qu'à former une ligue contre le ciel. On s'imagine être plus grand à mesure qu'on cherche à s'éloigner de Dieu ; comme s'il y avait de la faiblesse à s'humilier devant la majesté d'un être dont on tient le mouvement, la respiration, la pensée ! Saint Augustin, qui erra long-temps, ne crut valoir quelque chose que lorsqu'il revint à l'humilité. L'esprit de l'homme n'a que des perceptions vagues, s'il n'a une autorité qui le fixe. Et comment ne se dégoûte-t-on pas d'être mécréant après avoir éprouvé le vide et l'ennui qui suivent les esprits forts? Qui est-ce qui n'aurait pas cru que tous ces écrivains qui se sont frayé des routes nouvelles en détrônant la Divinité, seraient eux-mêmes divinisés après leur mort? Eh bien! on se souvient de la plupart pour railler leurs systèmes, ou pour déplorer les misères de leur vie. Qui aujourd'hui voudrait être Spinosa?

Les vérités de l'Evangile s'élèvent lorsqu'on les croit éteintes : elles jettent une flamme vive et rapide que ne peuvent obscurcir ni ses présomptueux ennemis, ni ses indignes ministres. Encore une fois, il y a d'impénétrables mystères autour de nous; mais quitterons-nous la contrée où règnent quelques nuages pour passer dans un lieu de ténèbres et d'horreur? Où allez-vous, sortis de la voie où cette religion offre quelques points d'appui? Est-ce à la tyrannie des hommes à la condition des animaux et au néant? C'était bien la peine de faire tant de recherches et d'efforts d'esprit pour arriver à cette solution ! élevez-la plutôt, votre destinée passagère, et si vous deviez vous tromper, que ce soit avec quelque charme, avec quelque poésie et quelques espérances.

Tu as peut-être senti quelquefois, Charles, que cette religion qui nous lie était rigoureuse pour des hommes : c'est une preuve qu'ils ne l'ont pas faite. Ils l'auraient adoucie davantage : on n'y verrait pas l'abnégation de soi-même, et on n'y aurait permis les mauvais désirs. Regarde les religions passées dont les anciens peuples ont été inventeurs.

Mais ne va pas croire que tout ceci m'empêche de rendre justice à l'auteur de *Mahomet* : c'est parce que je prise beaucoup ses talens que je voudrais le voir mieux penser. Hélas! ne haïssons personne à raison de ses opinions : et quand les maximes sont blâmables, ouvrons encore à ceux qui les professent un cœur plein de charité. Au reste, plus il y aura de livres contre les croyances religieuses et plus on se convaincra qu'elles sont nécessaires : l'homme qui adora jadis une multitude de dieux est-il plus raisonnable aujourd'hui qu'il affecte de n'en reconnaître aucun ? La vertu et le vice, l'immortalité et le néant, tout lui paraît égal, pourvu que quelques frêles brochures lui servent de rempart contre le ciel. Pitié! pitié profonde pour cette double erreur! Heureux les temps où les confesseurs de la foi n'étaient pas témoins inutiles de l'impiété; où le sang d'un martyr pouvait ouvrir les yeux de l'aveugle, et peut-être les portes du ciel au bourreau pour qui la victime priait en mourant. —Adieu.

XXVI

A Laurent Ganganelli.

Toulouse, 7 janvier 1755.

Je me suis lassé de la vie parisienne et du rôle souvent secondaire que je remplissais sur mon théâtre. Il m'a pris fantaisie de parcourir la France, en comédien de la capitale. Ma fortune et ma santé s'en trouvent mieux.

Certes, mon cher ami, si, comme ces millionnaires qui croupissent à Rome sous l'influence du sirocco, ou à Paris dans les brouillards froids de la Seine, j'avais obtenu du hasard des richesses en naissant, je n'aurais pas voulu subir les mauvaises saisons d'une contrée et tous les inconvéniens d'un climat. Voyageur aussi naturellement que les hirondelles, j'aurais passé l'été dans les vallées suisses, et l'hiver au pied d'une de ces montagnes d'Italie si bien abritées du nord; en une de ces petites villes qui s'épanouissent pour ainsi dire au soleil, sur le rivage sablé des mers.

Ici je suis venu au devant du printemps. Toulouse est tout embaumé de violettes. C'est la première ville de France qui m'ait paru ressembler à une capitale. Les dames s'occupent de littérature; leur petite académie de Clémence Isaure empêche que les jugemens de Paris sur les arts n'arrivent comme des lois qu'il faut adorer.

J'ai à me louer de ce parterre indulgent, et je partirais d'ici satisfait si je n'avais été frappé de la haine sourde qui fermente partout entre les protestans et les catholiques.

Je crois, mon bon ami, que j'aurai à t'annoncer prochainement une importante nouvelle, pour moi.

XXVII

A Carlo Bertinazzi.

Rome, 8 juillet 1758.

Lambertini vient de mourir. Sa gaîté ne l'avait point abandonné jusqu'au dernier jour. « Grand serviteur de Dieu, disait-il souvent en parlant d'un théatin dont on instruisait la cause devant son lit de douleurs, afin de le canoniser : guérissez-moi ! Comme vous me ferez, je vous ferai ; si vous obtenez le recouvrement de ma santé, je vous béatifierai. » Et il n'a point béatifié le théatin ; mais l'exemple de résignation qu'il a montré dans ses dernières douleurs est le plus édifiant souvenir qu'il pût laisser dans la mémoire des hommes.

Il était fort érudit, fort indulgent ; aussi était-il aimé chez presque toutes les nations de l'Europe. Le ministre anglais Walpole possédait de lui un portrait en marbre ; il était connu même du Grand-Turc, et plus d'une fois le commandeur des prétendus croyans a fait faire des complimens diplomatiques au chef de ces contempteurs du prophète, appelés à Constantinople : chiens de chrétiens. »

Lambertini avait eu pour moi quelques bontés qui m'ont valu un regard de mes supérieurs. Il dit un jour au général des Frères-Mineurs, en me frappant doucement sur l'épaule : « Père Colombini, je vous recommande ce petit frère ; faites-y attention, je vous en prie. »

Notre conclave a été dans un long enfantement. Les conjectures, les paris, les pasquinades occupaient toute la ville : c'est une vieille coutume qui durera encore long-temps. Enfin nous avons pour chef de l'Eglise le cardinal Rezzonico, évêque de Padoue, qui s'est imposé le nom de Clément ; il édifiera les Romains par sa piété. Ce n'est que malgré lui et après avoir versé des larmes sincères qu'il a accepté. Quelle place, en effet, quand on en veut remplir les devoirs ! Il faut être à Dieu, à tout le monde, à soi-même, et n'avoir en vue que le ciel au milieu des choses de la terre. Une telle dignité est d'autant plus redoutable qu'on succède à Lambertini : il est difficile de paraître grand après ce pontife.

Clément XIII conserve les anciens secrétaires d'état, et il a raison : il faut s'environner de ministres habiles quand on ne veut pas faire tout soi-même. On abuse si souvent des lumières du prince le plus clairvoyant ! On a coutume de dire, avec raison, qu'un pape ne voit plus la vérité que lorsqu'il lit l'Evangile. Les souverains ne sont pas seulement l'image de Dieu par l'éminence de leur rang, ils doivent l'être aussi par leur intelligence ; et David, tout berger qu'il était, était dirigé par une lumière supérieure. Cette lumière se manifesta aussitôt qu'il fut en possession du pouvoir. Tel prince qui n'est que bon, accomplit un devoir commun ; celui qui n'est que sévère dérobe à ses sujets l'amour qu'il leur doit.

Mais qu'est-ce que je te dis là, mon pauvre ami ! Nous autres atomes, nous parlons fort à notre aise des devoirs de la royauté : si nous en étions revêtus, nous serions confondus de notre impuissance. Il y a quelque différence entre parler et régner. Rien ne nous résiste quand nous laissons courir la plume ; mais accablé de soins, environné d'écueils et de faux amis, chargé de dettes ou d'obligations, on n'ose plus rien entreprendre ; on laisse gouverner un subalterne ; on ne s'occupe plus que de monotones plaisirs ce sont des réceptions d'oisifs, c'est la table, ou bien le délassement sanguinaire et niais de la chasse.

L'art de régner a été rarement exercé avec talent. Porte-t-on une couronne héréditaire ? on est fier de ses droits, sans connaître ses devoirs. Parvient-on à une couronne élective, on n'a point d'études faites et d'expérience des hommes : on doit éprouver la gêne au milieu des affaires et des honneurs. Enfin le malheureux qu'on place caduc sur un trône a peur de tout ; et il se laisse aller à la nonchalance : c'est la situation ordinaire des papes.

J'irai saluer celui qui vient de prendre, avec ce nom, le pesant gouvernail de la barque de saint Pierre ; non pas comme un religieux qui aime à se produire, mais en qualité de consulteur du saint-office. Il ne me connaît point, et je ne me mettrai point en frais pour en être connu. J'aime à rester couvert de la poussière de mon cloître.

Adieu. Ce qui m'occupe, ce n'est pas mon sort, c'est le tien.

XXVIII

A Carlo Bertinazzi.

Rome, 25 septembre 1759.

Hier, le neveu du nouveau pape, celui qu'on appelle ici le cardinal *Patron*, m'a fait demander à son palais : c'était pour une affaire qu'on disait importante. Je m'y suis rendu, et le long des quais de *Rippa-Grande* je me demandais ce qu'il pouvait vouloir d'un pauvre habitant des Saints-Apôtres. J'étais bien sans inquiétude, mais non sans une certaine émotion gênante, car je ne chéris rien tant, tu le sais, que la liberté du cloître ; et n'attendant aucun bien des personnes en crédit, j'en redoutais la malveillance.

Le cardinal parlait haut et d'un air satisfait à un prélat quand je suis entré. Il n'avait point entendu mon nom que prononçait mal son camérier ; mais en me voyant tout à coup, il a pris un air grave, même un peu mécontent, et a congédié son premier interlocuteur, qui m'a salué avec affectation. Restés seuls, je n'augurais rien de bon du silence de son éminence. Quand ses domestiques ont voulu me présenter le chocolat, il a fait un geste d'impatience, et enfin m'a demandé du ton d'un juge si mon travail de consulteur était bien en règle, et si je n'aurais rien à me reprocher en quittant cet emploi.

—Je ne me reproche, monseigneur, ai-je dit, que mon insuffisance ; mais vous savez peut-être aussi que je n'ai point brigué cette charge et je suis prêt à la résigner dans vos mains.

— Il le faudra, mon frère. Mais savez-vous qu'on a rapporté au saint-père bien des choses sur votre compte.

— L'humilité de mon état me commanderait peut-être de déclarer que mes détracteurs ont raison ; mais j'espère qu'on m'aura un peu calomnié, et je ne renonce point à en offrir la preuve.

—Oui, nous savons que vous êtes orgueilleux !

—L'orgueil et un franciscain vont assez mal de compagnie, monseigneur.

— Cependant n'avez-vous pas refusé d'être général de votre ordre ? Celui qui occupe ce poste confesse que c'est à vous seul, et à votre refus qu'il le doit.

— La modestie de mon général peut-elle m'être imputée à crime ?

— A la bonne heure ; mais je vous déclare, moi, que sa sainteté m'a chargé de vous intimer des ordres : et si j'hésite à vous en faire part, c'est dans la crainte de causer une trop vive révolution.

—Que la volonté de Dieu s'accomplisse !

— Eh bien ! Ganganelli, le pape veut, entend, prétend et ordonne que dès l'instant même... vous soyez cardinal.

A ce mot, j'ai été comme atterré, et je n'ai pu que me jeter aux pieds de mon terrible juge.

—Faites révoquer, je vous en supplie, cet arrêt de sa sainteté, ai-je dit. Ce n'est point l'humilité fausse qui m'engage à assurer que je suis indigne d'un tel honneur ; mais cette promotion sera reprochée au saint-père. Si c'était l'ordre de Saint-François qu'on voulût honorer de la pourpre, il y a dans le couvent même que j'habite plus de dix sujets qui méritent plus que moi cette faveur inattendue.

Tout a été inutile. Les marques d'affection et les douces paroles ont succédé aux feintes menaces, le cardinal m'a embrassé comme son frère, et il a fallu me laisser conduire à l'audience du pape, pour entendre confirmer mon entrée au sacré collége.

Quand je suis revenu dans le cloître, honteux de ma subite fortune, le bruit commençait à s'en répandre ; il a fallu l'avouer à mes confrères. Ne vous effarouchez point, leur ai-je dit ; je vivrai toujours au milieu de vous comme votre ami, comme votre serviteur, et je ne vous laisserai jamais apercevoir que j'aie changé d'état.

Hélas ! il m'a été impossible, à moi, de ne pas m'apercevoir de la peine que cet événement a causée à quelques uns. J'ai vu pâlir plus d'un visage, j'ai entendu quelques faux complimens ; et cela m'a fait d'autant plus de peine que les mécontens étaient précisément ceux-là dont je cultivais le plus l'amitié.

Il n'y a d'amitié que dans ton cœur. Que n'es-tu là, Charles, pour me consoler ! Que ne puis-je te voir entrer dans ma cellule, t'entendre dire que tu m'aimeras toujours, bien que je sois élevé en dignité ! Mais je ne quitterai point cette cellule, je ne changerai rien à ma vie ; je m'arrangerai pour m'apercevoir le moins possible de mon étrange métamorphose.

Ce qui me console un peu, c'est que quand on m'a appris cette promotion singulière, je n'ai pas été moins surpris qu'on ne le sera dans Rome et dans mon village.

XXIX

Au Cardinal Ganganelli.

Paris, 22 février 1760.

Je suis persuadé de l'éternelle bonté de votre cœur. Je crois que vous me permettrez de correspondre avec vous comme au temps passé ; vous le désirez même dans l'humilité qui vous reste, malgré vos grandeurs ; mais moi, puis-je abuser de votre vertu et de votre amitié ?

Qu'y a-t-il de commun entre un prince de l'Eglise et moi ? La vénération et le dévoûment que je vous porte, voilà tous mes titres à votre souvenir. Carlin vous aimera comme on aime les saints, mais sans importunité ni manque de respect.

Je vous prie de me permettre seulement de vous annoncer que je viens de me marier. J'ai épousé une honnête femme ; je ne la mènerai point au théâtre ; elle sera mère dans quelques semaines ; et nous sommes tous trois, monseigneur,

De Votre Éminence,
Les très humbles et très obéissans serviteurs.

XXX

A Carlo Bertinazzi.

Rome, 23 avril 1762

Je le pressentais bien, que mes dignités me porteraient malheur. Pour des solliciteurs et des importuns qu'elles m'attirent, elles ne m'ont pas encore donné un ami ; et voilà que le plus ancien et le plus fidèle me parle le langage du respect au lieu de celui du cœur. Je demandais, dit saint Paul, des eaux rafraîchissantes aux fontaines, elles ne m'ont versé que de l'or.

Eh ! mon fidèle Charles, reprenons nos premières façons, crois-moi : je suis Laurent, comme avant ma brillante disgrâce ; et le chapeau rouge qui me couvre n'abrite toujours que le même paysan de Santo-Angelo.

Tu devais me connaître assez bien, je le pensais, pour être convaincu que je ne serais point ébloui de mon sort. L'âme ne prend aucune couleur, et c'est par elle seule que nous valons quelque chose. En nous faisant à son image, le Seigneur nous a donné plus que les honneurs de ce monde ne peuvent nous conférer. C'est sous cet aspect seul que je m'envisage pour m'estimer. La pourpre ne fascine point des regards accoutumés à contempler l'éternité. Je considère ces dignités-là comme quelques syllabes de plus sur une épitaphe. Ma cendre en sera-t-elle plus sensible quand on la qualifiera d'éminente? En serai-je mieux dans un autre monde, quand quelque faible voix dira dans celui-ci, ou qu'on écrira d'une main périssable : le cardinal Ganganelli?

J'étais un moine indigent, je suis une très indigente éminence. Les dix mille ducats que le pape donne aux cardinaux-religieux pour soutenir leur titre, je les rends aux pauvres que je puis enfin soulager, et François Gioraldi, ce frère convers qui déjà prenait soin de moi depuis plusieurs années, me continue ses bons offices; ils me suffisent : il est lui seul toute ma maison. Ma personne a-t-elle plus d'étendue et plus d'accroissement depuis ma promotion. Je ne vois pas qu'il faille plus de mains pour me servir. Pourquoi faut-il que je me laisse traîner quelquefois en carrosse, quand le cérémonial l'exige? Je marchais si bien à pied! ma cellule était si commode, si recueillie! je regrette la nécessité où je suis d'avoir plus d'espace pour recevoir des visites d'importance, ou le grand nombre de ceux qui viennent à moi.

Mais je retourne à cette cellule dès que je le puis; là, j'étais plus content que tous les rois de la terre. J'en connais les angles les plus ténébreux, et il me semble que les murs ont de l'amitié pour moi. Je m'y rappelle tant de jours disparus comme un songe! Oh! je ne le quitterai jamais entièrement, cet asile qui est pour moi ce qu'était pour Philoctète la caverne de Lemnos. Je dirais comme lui, s'il fallait m'en séparer : « Retraite où j'ai souffert, écho qui répéta mes soupirs, adieu. Terre d'exil, laissez-moi partir heureusement, puisque je vais où m'envoie la volonté du ciel et de mes amis. »

Hélas! qui n'a, comme le guerrier d'Homère, été blessé de quelques flèches, et qui ne cache, comme lui, des plaies douloureuses? Il fut guéri enfin par un merveilleux dictame; j'en connais un plus doux contre nos tourmens passagers : c'est la mort, qui est pleine d'espérance, c'est la miséricorde du Sauveur.

XXXI

A Laurent Ganganelli.

Paris, 21 novembre 1768.

Eh bien! eh bien! qu'est-ce que vous faites donc, vous autres conseillers du pape? Tout Paris est en colère contre Rome. Les gens du roi vont, à ce que j'entends dire, s'emparer d'Avignon; et Naples, de son côté, se prépare à vous débarrasser de Bénévent et de Ponte-Corvo. Prétendez-vous régner à Parme comme à Viterbe? Mécontenterez-vous tous les Bourbons d'Europe, cousins, oncles, ou grand-père de don Fernand de Parme et de Plaisance? Assurément c'est un joli duché que le duché de Parme! j'estime singulièrement les productions de ce pays, et je comprends quels rapports ils peuvent avoir avec les lazzagnes qui se fabriquent aux bords du Tibre; mais que le diable soit de moi si le reste de vos liaisons me paraît aussi naturel. Avez-vous des armées pour soutenir la bulle que lit à chaque jeudi-saint un cardinal-diacre à la porte de Saint-Pierre? Le vénérable Clément XIII a beau lancer un flambeau allumé dans la place publique pour marquer que l'enfer brûlera ainsi tous ceux qui violeront sa bulle, le parlement de Paris n'en veut point, les Autrichiens n'en veulent plus, les Vénitiens non plus, les Portugais non plus : et ceux-ci plus furieux que les autres, prétendent que les jésuites, cause de tous ces mésentendus, ont un peu assassiné leur roi sur la route de Lisbonne, à sa maison de campagne.

Qu'est-ce qu'il faut croire de ces récits? J'espère que la gracieuse éminence ne refusera pas d'en dire quelque chose à son condisciple, et je sortirai peut-être de l'ignorance où je suis au milieu d'une ville où l'on ne s'entretient que de toutes ces choses. Jamais je n'avais tant entendu parler jésuites que depuis l'arrêt qui les bannit des états du roi très chrétien. D'abord ils ont résisté au parlement, puis ont consenti à fermer leurs classes et colléges, puis se sont refusés à abjurer leur institut; enfin l'édit de Louis XV, daté du 5 du courant, dissout leur société en France, totalement et sans aucun retour.

J'ai eu la curiosité de lire l'histoire de ces jésuites depuis leur commencement. Quels gaillards! s'ils ont fait la moitié des singulières actions qu'on leur prête, ils n'ont pas, comme on dit, volé l'abolissement dont ils sont frappés dans une partie des états de la chrétienté. Est-il vrai que leur fondateur fut un gentilhomme de Castille? Il eût, dit-on, la jambe cassée au siége de Pampelune, et se fit recasser cette même jambe, sous prétexte qu'elle avait été mal rajustée. De cagneux qu'il était après la première opération, il devint bancal à la seconde, et il en eut tant de chagrin qu'il se convertit. Est-il vrai qu'il se fit alors chevalier de la Vierge, dans le désespoir de plaire désormais aux dames, et que ce fut sur le lit où il demeura cinquante jours couché sur le dos, qu'il rêva l'ordre religieux qu'il établit en 1540? Il ne l'aurait fondé, ajoute-t-on, qu'après être venu à Paris recommencer ses études dans un collége, celui de Sainte-Barbe: et là, ce bon seigneur Ignace de Loyola recevait à trente-cinq ans cette correction pleine d'humilité que donnent quelquefois les pédagogues à de petits garçons.

L'ordre aurait prospéré par les missions étrangères; et prospéré jusque là que ces serviteurs des serviteurs de Dieu seraient devenus rois du Paraguay. Nicolas Ier chef de cette dynastie, livra bataille aux troupes de Portugal et d'Espagne. Je me suis laissé raconter qu'un père Gribouville, Berrichon de son métier, commandait alors, et avec succès, l'aile droite. La cavalerie aurait été confiée à Charles d'Anières, dernier traducteur du Deutéronome; et, sous le nom de *Frère Terrible*, le Polonais Glatz dirigeait les gros canons. Un béni père Lorenas-Cantabisenès-y-Grimaldinos-y-Corisina portait l'étendard de la congrégation, lequel fut lacéré dans cette rencontre.

J'ai vu que les jésuites ont plus d'un moyen de prospérité: là, ils se font raffineurs de sucre; et ici, pour tirer profit de leurs maisons, ils les louent à de certaines dames de bonne volonté. En Europe, ils ont à soutenir des procès contre les apothicaires, pour avoir débité sans patente la thériaque, le pupoleum et le vert-de-gris. Aux Indes, ils font un autre trafic au mépris des plus saintes paroles de l'apôtre (1), et ils s'en défendent en disant toujours que lorsqu'ils donnent aux Indiens des sentences bénites, des médailles de cuivre ou des images sur vélin, les néophytes leur rendent par reconnaissance du café, des toiles ou du cacao. Le père Lavallette avait donné tant d'images et si peu reçu de cacao, qu'il vient de faire une petite banqueroute de 3,500,000 livres. Le révérend père Lavaur, à son retour de Pondichéry, demandait ici à M. de Choiseul une petite pension de 400 livres pour aller mourir en Périgord, et voilà qu'il a laissé dans son escarcelle, 250,000 francs en or, en diamans et en lettres de change.

Je ne puis croire que ces religieux aient imposé aux sauvages tout le respect qu'ils témoignaient, dit-on, pour la *sainte manche* du provincial; ni qu'ils aient consenti à profaner les sacrés mystères au point de bénir des excrémens de vache, afin que les Hurons pussent continuer de s'en peindre le visage. Si, comme on l'a répété en beaucoup de livres, ils refusent les sacremens aux parias, dans la crainte de déplaire aux brames,

(1) Nemo militans Deo implicat se negotiis secularibus.

et qu'ils laissent périr le pauvre Indien sans vouloir porter la consolation dans sa cabane... c'est bien mal ! (1)

Henri IV, que les jésuites n'ont pas aimé, à ce qu'il paraît, dénonçait déjà de son temps « leur convoitise et désir de s'accroître aux dépens d'un chacun (2). » J'ai lu avec étonnement le discours d'un M. Debelloy, avocat-général de Toulouse au parlement, lequel représente en propres termes ces jésuites-là « comme gens prompts à se fourrer ès-maisons particulières avec trop de privautés. Nous devons pleurer, dit-il, en nos âmes, d'avoir nourri ces serpens. Ils se sont enrichis aux dépens de nos substances, et par exhérédation d'un infini nombre de familles, ils nous ont divisés et décousus par fractions, monopoles et partialités schismatiques. »

Feu M. Damiens fut accusé d'être jésuite. Poltrot et Ravaillac, qui étaient tous deux d'Angoulême, étaient tous deux jésuites aussi. J'ai vu un petit livre scandaleux du révérend Malagrida, où il prétend que sainte Anne, mère de Marie, lui a dicté une déclaration par laquelle l'immaculée conception lui appartiendrait comme à sa fille.

Hier, on me faisait remarquer que le pape Innocent XIII, au moment où il se préparait à frapper cette société, avait été enlevé par une mort prématurée.

Puisque tu m'ordonnes de te parler avec liberté et confiance comme du temps de notre égalité, j'en profite pour te faire ces questions. Elles sont sans ordre, peut-être sans discrétion : mais qu'arrivera-t-il dis-moi, des réformateurs et des victimes? Cet institut de missionnaires, de casuistes, où l'on a déjà remarqué Guignard, Escobar, Garasse et Molina, Cotton, La Chaise et Tamburini, comment finira-t-il?

XXXII

A Carlo Bertinazzi.

Rome, 7 juin 1768.

Je vois chaque jour des motifs nouveaux pour désirer toute pacification. On a évidemment tort ici sur les affaires de Parme. Pour les affaires des jésuites, je ne suis pas si persuadé.

Il ne faut pas écrire aussi impérieusement qu'on le fait faire au pape, lorsque l'on est faible ; il ne convient guère de montrer tant d'inflexibilité lorsqu'on n'a point de raisons pour résister. Le droit seigneurial qu'on prétend exercer ici sur le duché de Parme, ne me semble point fondé. J'estime que Rome n'a qu'une autorité spirituelle sur tous les royaumes catholiques. Son autorité temporelle n'existe que pour l'état ecclésiastique, et encore est-elle établie par la concession des souverains auxquels on veut résister. Si le saint-père, dont le cœur est la pureté même, voulait seulement se faire représenter les actes de bienfaisance des monarques français envers le saint-siége, il n'hésiterait pas à déférer aux désirs de Louis XV touchant le duché de son petit-fils. On sentira quelque jour la nécessité de revenir sur ses pas : si ce n'est pas Clément XIII ce sera son successeur.

Déjà même on parle d'un consistoire où ces grands intérêts seront exposés. Sous peine de folie pourrait-on ne pas se réconcilier avec les puissances? La maison de Bourbon ne s'est-elle pas trop répandue sur les trônes de l'Europe pour qu'il ne soit pas de la politique comme de la justice de céder? Il faut déguiser au moins sa faiblesse sous un air de condescendance.

J'ai dit cela ouvertement ; je l'ai dit à Clément lui-même qui en a paru

(1) Voyez les Mémoires du cardinal de Tournon.
(2) Lettre du 17 août 1598.

frappé pendant quelques instans ; et l'ambassadeur de France me disait l'autre jour qu'il me souhaiterait un grand crédit dans le prochain consistoire.

Pour ce qui est des jésuites, on en parle en tous lieux dans des termes trop passionnés : je n'approuve ni ces ennemis qui les menacent en les accusant de forfaits, ni ces gens du monde qui leur adressent des railleries de mauvais goût, et telles que mon cher correspondant n'en est pas exempt lui-même.

Je crois bien qu'on peut modifier cet ordre. Un pape est établi chef de l'Eglise pour arracher comme pour planter : les religieux n'ont reçu en partage ni l'infaillibilité, ni *l'indéfectibilité* ; les Templiers ont été éteints quand les rois et les papes l'ont jugé à propos : et c'est au grand pasteur à examiner quand des troupes auxiliaires sont utiles, ou quand elles ne le sont plus. Mais je suis frappé de l'ingratitude et de l'oubli où l'on tombe à l'égard des jésuites : ils ont rendu d'immenses services au saint-siége, à la chrétienté dans les deux mondes ; ils sont auteurs d'une foule de bons livres : leur abolition serait une très grande perte.

Je pense qu'ils pourraient, qu'ils devraient eux-mêmes aller au devant des concessions qu'on est en droit d'exiger d'eux. Qu'ils se soumettent à une réforme. Le général des Carmes, le père Pontalte, fut un excellent politique lorsqu'il écrivit au roi de Portugal pour le supplier d'empêcher ses religieux de commercer au Brésil ; il a conseillé au R. P. Ricci de faire la même démarche ; celui-ci n'a pas voulu s'y prêter jusqu'à présent. Si le P. Timoné, jésuite, et mon intime ami, eût été général de cet ordre, l'ordre ne serait point menacé de périr.

Mais je reviens au démêlé avec la France, l'Espagne, le Portugal, Naples et le duché de Parme, puisque tu as des curiosités diplomatiques. Ces différentes cours finiront par obtenir ce qu'il leur plaira. Rome n'est plus au temps où les chrétiens de tout rang venaient lui apporter leurs hommages et tous leurs vœux. Rien ne serait plus terrible que de diviser le corps de Jésus-Christ : et pour des intérêts qui ne touchent ni la morale ni le dogme, l'Eglise ne doit jamais exposer ceux qui vivent dans son sein à s'en séparer. Assurément les rois qui occupent les trônes en ce moment ne penseront point à faire cette scission désastreuse ; mais qui peut répondre de leurs successeurs ?

Il n'est qu'une seule hypothèse où il ne pourrait y avoir temporisation, accommodemens, ni capitulation : ce serait celle où la prétention des princes tendrait à altérer la foi : alors l'unique réponse des pontifes serait de se laisser égorger sur l'autel.

XXXIII

A Laurent Ganganelli.

Paris, 31 mars 1768.

Je pense bien t'avoir dit que j'avais repris ma place dans la rue Mauconseil et que j'y poursuivais ce qu'ils appellent le cours de mes triomphes. Les auteurs commencent à faire des rôles à ma taille et ils me consultent sur leurs ouvrages. Je ne me connais guère de rivaux en ce moment, que les pétards de notre artificier, les soleils et les serpenteaux qui éblouissent nos spectateurs entre les deux pièces.

Un jeune officier, M. de Florian, qui est de la maison de monseigneur le duc de Penthièvre, et notre Goldoni, voilà les seuls hommes d'esprit avec lesquels je me plaise. Le reste est ennuyeux. Ces gens-là n'ont qu'un sujet unique de conversation : leur mérite. Pour le commun des auteurs, l'univers se divise entre les personnes qui leur parlent de leurs ouvrages, et celles qui y sont indifférentes : voilà les honnêtes gens et les scélérats.

La plupart sont comme hébétés d'égoïsme. En donnant à ces vieux enfans des louanges aussi grossières que les gâteaux que jette Arlequin au chien du Tartare, on s'en ferait suivre à la piste. Et puis ces gens de lettres de profession parleront de leur modestie et de leur bienveillance pour leurs émules! Ces deux sentimens-là sont assez bien exprimés dans deux vers d'une pièce, tombée l'autre jour à la Comédie-Française. Un écrivain y disait de son confrère :

> Toujours, à tout propos, il vante son mérite,
> Tandis que moi! moi! moi! jamais je ne me cite.

On me mena à Sceaux, il y a quelque temps, pour assister à une lecture que faisait le vieux Panard chez M. de Penthièvre. Il lut une espèce de drame assez malheureux, et qui était tout à fait étranger à son genre de talent. C'est là que j'ai pu observer à mon aise l'amateur de littérature et l'homme de lettres. Ce pauvre Panard, qui vient de mourir, était déjà bien sourd à cette époque.

Il tire son manuscrit, chacun s'enfonce et s'établit commodément dans son fauteuil. La première émotion de curiosité épuisée sur le sujet de la pièce, la voix et les gestes de l'auteur, je remarquais une certaine fixité dans les regards, et une plus grande immobilité dans les maintiens. On était là en cercle d'étiquette, le chapeau sous le bras et l'épée au côté. Bientôt il se mêle à la voix du lecteur, et comme en manière d'accompagnement, un souffle régulier parti de l'un des plus gros aristarques. On p'offre du tabac : j'en donne moi-même à l'homme qui écoutait comme on écoute à l'audience ; mais sa respiration recommence à primer sur l'organe du lecteur et remplit tous les intervalles employés à tourner le feuillet.

Au second acte un chapeau tombe et personne ne se baisse pour le ramasser ; dix minutes après, autre chapeau ; enfin un troisième ; et la contenance va manquer à tout ce qui survit d'amateurs, quand la pièce heureusement s'achève.

Alors, tu aurais vu le tableau changer. Qu'un voyageur sommeille au balancement du coche et au bruit monotone des roues sur le pavé ; qu'un pélerin cède à la fatigue sous l'angle d'une cheminée d'hôtellerie, et comme bercé par la voix du rôtissoir : si le coche s'arrête, si le récitatif vient à s'interrompre, les dormeurs ouvrent les yeux et le silence les réveille. Ainsi mes connaisseurs.

— Monsieur, dit à Panard l'un des plus intrépides absens qui se trouvât là, j'ai beaucoup à causer avec vous. — Oui, monsieur ! — Oui, sur votre ouvrage : il est charmant et d'une gaîté folle, mais il m'a semblé un peu court.

— Je n'ai jamais, ajouta un autre, passé un quart d'heure plus agréable.

Le rire circula, et le pauvre auteur le prit un moment pour l'effet de sa pièce. Ses confrères étaient radieux. On l'entoura, on lui fit cent hyperboles impertinentes sur le succès qui lui était promis. Telle petite-maîtresse disait finement en avalant à petites gorgées une orangeade à la glace : C'est délicieux! Tel marquis répétait, les yeux fixés sur les épaules de ces dames : La plus jolie chose du monde en vérité.

M. de Florian et moi nous prîmes à part le vétéran de la chanson. Ce bon et spirituel bonhomme qui rappelle un peu La Fontaine comprit d'abord à notre air grave, à nos affectueux serremens de mains, que nous n'étions pas satisfaits. Il nous témoigna avec naïveté qu'il était lui-même à peu près de notre avis ; et comme nous nous retirions, nous entendîmes la voix d'une espèce de bel esprit, commissaire de la fête. Il s'écriait en faisant entrer dans le cercle un Algonquin et sa femelle : A présent, messieurs, nous allons nous amuser.

XXXIV

A Carlo Bertinazzi.

Rome, 16 avril 1769.

Le 2 février dernier, à neuf heures du soir, et au moment où il allait se mettre au lit, le saint-père éprouva une convulsion violente, jeta un grand cri et expira.

Cette mort singulière occupe au loin les esprits : à Rome, on est surtout livré aux regrets d'une telle perte. Clément avait un zèle à toute épreuve, des mœurs d'or, une piété évangélique. Il commit sans doute des erreurs ; quelque imprévoyance de sa part causa une longue disette dans ses états ; sa résistance au sujet de Parme, sa bulle *Apostolicam* ont attiré sur l'Eglise plus d'une tempête ; mais il était averti lui-même du danger des conseils dont on l'avait environné ; et la veille même de sa mort était indiquée comme le jour d'ouverture de ce consistoire où nous devions exposer nos avis (1).

Au lieu d'un consistoire, c'est un conclave qui est assemblé. Il y a déjà quarante jours que je suis sous le secret des murailles, et je ne prévois guère l'époque où je serai libre d'en sortir. Quand cette lettre pourrait te parvenir avant la promotion du futur pontife, je n'essaierais pas de te dire qui l'on choisira. C'est toujours celui à qui on ne pense pas ; et cela est si vrai, que les Romains, accoutumés aux ambitions déçues et aux prophéties détruites, ont adopté ce proverbe : Tel qui entre pape au conclave, en sort cardinal.

Mon choix particulier est déjà fait. Le sacré collége offre dans ses membres plusieurs sujets dignes de ces périlleux honneurs ; mais le plus ferme et le plus sage à la fois est, à mes yeux, le cardinal Corsini. Ce n'est pas lui qu'on désigne ; c'est un prince romain de l'illustre famille des Chigi.

Jamais prince, quel qu'il soit, n'aura été élu dans un temps plus désastreux. L'Espagne mécontente ne dissimule point ses ressentimens contre notre cour ; Louis XV est en possession du comtat d'Avignon ; Naples retient une autre partie de notre territoire ; Venise prétend réformer ses moines sans recourir à l'autorité du saint-siége ; la Pologne veut diminuer les priviléges de la nonciature ; le Portugal menace de se donner un patriarche et de ne plus communiquer avec nous que par la voie des prières ; les Romains murmurent eux-mêmes de voir se séparer d'eux les étrangers ; et enfin l'esprit de vertige qui travaille ce siècle ébranle à la fois les pontifes, les monarques et le christianisme !

Les jésuites, intéressés plus que tout autre corps religieux dans un embarras dont ils sont la principale cause, intriguent ouvertement pour que l'Eglise ait un chef à leur dévotion. Je ne fais pas de vœux pour leur succès ; mais sans passion comme je le suis ici, sans engagement avec

---

(1) On peut être édifié de la manière dont Ganganelli parle ici de Clément XIII ; mais l'histoire en porte un autre jugement. Rezzonico était un esprit étroit et entêté. C'était, dit l'auteur de l'*Essai sur la puissance temporelle des papes*, un pontife du moyen-âge, jeté par erreur au milieu des lumières modernes, et incapable de s'apercevoir même de leur présence. On avait attenté à la vie du roi de Portugal, et trois jésuites étaient au nombre des prévenus : la cour de Lisbonne demandait à la cour de Rome la permission de les faire juger par les tribunaux ordinaires ; Clément XIII ne le permit pas. Il fallut accuser Malagrida, un des trois jésuites, non de lèse-majesté, mais d'hérésie. L'inquisition le fit brûler comme un faux prophète, sans daigner l'interroger sur l'attentat aux jours du monarque. Des prêtres soupçonnés d'un forfait horrible échappaient aux juges séculiers ; Rome exigeait l'impunité d'un parricide, et Malagrida, non jugé, périssait victime d'une odieuse superstition.

personne, sans préoccupation d'aucune espèce, sans ambition, même celle de voir triompher ce que je crois le meilleur parti, je suis placé on ne peut mieux pour observer. J'ai du loisir; souvent j'en ai beaucoup trop; et je me délasse de cette oisiveté en contemplant la scène mobile qui s'embrouille, se dénoue, se renoue vingt fois par jour. Si quelque écrivain philosophe était comme moi spectateur, que d'utiles observations ne pourrait-il pas faire sur le cœur des hommes? J'en demande pardon à mes confrères, mais leur gravité même n'exclut pas toujours les traits facétieux. Un poète comique tirerait parti de plus d'une chose dans un conclave: Molière y eût recueilli des traits excellens.

Sais-tu ce que c'est qu'un conclave? Une réunion de vieillards moins occupés du ciel que de la terre, et dont quelques uns se font plus maladifs, plus goutteux et plus cacochymes qu'ils ne le sont encore, dans l'espérance d'inspirer un vif intérêt à leurs partisans. Grand nombre d'Eminences ne renonçant jamais à la possibilité d'une élection, le rival le plus près de la tombe excite toujours le moins de répugnances. Un rhumatisme est ici un titre à la confiance; l'hydropisie a ses partisans: car l'ambition et la mort compte sur les mêmes chances. Le cercueil sert comme de marchepied au trône; et il y a tel pieux candidat qui négocierait avec son concurrent, si la durée du nouveau règne pouvait avoir son terme obligatoire comme celui d'un effet de commerce. Eh! ne sais-tu pas toi-même que le pâtre d'Ancône brûla gaîment ses béquilles dès qu'il eut ceint la tiare; et que Léon X, élu à trente-huit ans, avait eu grand soin de ne guérir d'un mal mortel que le lendemain de son couronnement? Nier que la cabale et la ruse aient une entrée au sacré collége, ce serait démentir l'évidence, ce serait contredire l'histoire de tous les temps.

Nous sommes donc enfermés: chacun a sa cellule; toute communication est interdite avec le dehors. Un tel usage date déjà de loin; il remonte à 1270, époque de l'élection de Clément IV. Les cardinaux étaient alors rassemblés à Pérouse et depuis six mois. Les bourgeois de la ville, apprenant que leurs hôtes allaient se séparer, faute de pouvoir conclure, s'opposèrent de force au départ, murèrent, selon toute la rigueur du mot, les issues de l'église où délibéraient les *Porporati*, et les forcèrent ainsi à une promotion. Ce fut celle de Guido Fulcadi, ce Clément IV de modeste mémoire.

Quand les conclaves s'assemblent en été, la chaleur, le manque d'air, le voisinage immédiat de tant de personnes, sont, dit-on, insupportables. Dans ce mois-ci, l'*aria cattiva* est moins redoutable; et cependant je me sens déjà une sorte de malaise. Il vient de ce que je ne fais aucun exercice et suis privé de la compagnie de mes livres, condition si essentielle de ma vie. Les premiers jours c'était un tumulte dans les corridors, à ne s'entendre pas jusqu'au milieu de la nuit. L'un se débattait contre le maréchal de l'église, ou contre le cardinal Camerlingue, afin d'introduire pour le service de sa personne plus de gens que les réglemens ne le comportent; un autre faisait poser des tapis, une cheminée postiche et ses armoiries pour orner un réduit en planches de dix palmes carrées. C'était à qui, outre ses deux *conclavistes* et les serviteurs communs du collége, aurait un maître d'hôtel et sa livrée. Celui-ci voulait son épinette et celui-là son perroquet. Le cardinal T... abandonnait tous les priviléges qu'il pouvait réclamer, pourvu que son cuisinier s'enfermât avec lui.

Nous avons déjà trois factions: *les politiques*, *les dévots*, et *les indécis*. On me fait l'honneur de me ranger dans la première de ces classes. Les plaisanteries sont ici de mode dans les murs comme hors des murs. Le cardinal doyen m'a demandé, en présence de cinq ou six de nos confrères, si je voulais être élu. Le temps, ai-je dit, n'est pas favorable aux reli-» gieux, et Sixte-Quint a usé les ressources de l'humilité en s'en faisant un » jeu. D'ailleurs, vous êtes en trop petit nombre pour me choisir, et vous » êtes trop pour avoir mon secret. » Ainsi le temps s'écoule en discours puérils, ou en intrigues. Le cardinal Quirini avait bien raison de comparer un conclave à une ruche d'abeilles : ceux-là piquent, ceux-ci bourdonnent : on emploie tour à tour, pour composer le miel, le baume et l'absinthe.

Ces jeunes abbés de toutes nations, tenus à Rome en expectative, ont brigué à l'envi les places de conclavistes : les plus gentilshommes d'entre eux n'ont pas dédaigné un emploi qui tient beaucoup aux fonctions de serviteurs. J'ai cédé, pour ma part, aux instances d'un petit-collet français, M. l'abbé Néraud, le plus jovial Gascon qui porte la tonsure : lui, et le frère François, mon compagnon inséparable, voilà toute ma cour et toute ma maison. Cette maison est sur un pied de sobriété qui a un peu étonné le compatriote de M. de Bernis. Dès le second jour de réclusion, il s'est glissé dans les offices du cardinal T..., lassé qu'il était de partager mon repas ordinaire : un peu de fenouil et deux grives maigres. Et comme je lui faisais remarquer que peut-être on attribuerait son assiduité chez le cardinal à quelques menées qui sont interdites entre nous, il m'a rassuré par l'aveu que Son Eminence ne le consultait que sur des consommés et sur une sauce à la française qu'il avait résolu de perfectionner. Je crois, en effet, que mon Français ne se laisse point corrompre ; car il a joué à son patron de gourmandise un tour dont on rit encore dans plus d'une cellule. Ce pauvre cardinal T... n'aspire pas à la triple couronne ; mais il voudrait bien être secrétaire d'état, parce qu'il est persuadé qu'un homme comme lui concilierait beaucoup d'affaires autour d'une table. Or, comme il y a deux partis qui dominent ici, l'un en faveur des jésuites, l'autre en faveur des princes de la maison de Bourbon, le cardinal avait composé deux mémoires en sens opposés, et désirait qu'ils parvinssent aux deux concurrens qui ont le plus de chances. Que fait-il? ne pouvant leur remettre ni leur envoyer ostensiblement ces papiers, il a imaginé de les enfermer dans une enveloppe innocente. J'ai entendu parler d'une galantine et d'un pâté : il aurait chargé l'abbé Néraud du double message ; mais, soit distraction, probité ou malice, l'abbé se serait trompé ; et les raisons du cardinal, pour supprimer une société dont Ricci est général, seraient arrivées entre les mains du plus fidèle appui de la congrégation.

Tout n'est pas plaisant dans cette assemblée : il s'y trame d'odieux complots. La corruption ouvre les portes les mieux fermées : les ambassadeurs luttent de prétentions, de promesses ou de menaces autour du collége. Il y en a qui auraient recours aux plus obscurs appuis. Les trônes où siègent des Bourbons se distinguent par leur colère envers les enfans de Loyola. Avant-hier, mon confrère de Bernis me félicitait sur ce qu'étant professeur de philosophie, j'avais autrefois combattu les doctrines de la société ; et il ajouta que sa cour en était informée par je ne sais quel religieux du comtat Vénaissin : ce religeux se serait procuré quelques unes de mes lettres, et en aurait communiqué le contenu. Je ne comprends guère toute cette police ecclésiastique ; mais ce qu'il y a de singulier, c'est que M. de Bernis poursuit avec persévérance un système qui contrarie ses affections : cardinal, il aime les jésuites ; envoyé de France, il sollicite leur destruction.

On nous prédit que le conclave durera trois mois : je commence à le craindre, voyant tant d'intérêts se croiser, tant de rivalités inconciliables. Comment réunir *deux tiers* des voix en faveur d'une seule personne ? Chaque jour, un calice déposé sur l'autel où chacun va porter son scrutin, se vide sans donner de solution. Le jour suivant recommence par une messe du Saint-Esprit, et se termine par des repas où la frugalité des apôtres n'est pas toujours observée. Mon oracle à moi, sur la durée de ce conclave, est un vieux domestique qui en a déjà vu cinq ; quelques cardinaux voulant, par plaisanterie, lui faire croire ce matin que l'élection était faite : « Je gagerais que cela n'est point, dit-il, car, dans le trouble que vous cause toujours la création d'un pape, vous ne manquez jamais de m'appeler Eminence, moi qui ne suis qu'un pauvre serviteur à deux pistoles par jour. »

Un de nos plus anciens chapeaux, personnage bègue, et jusqu'ici peu accusé d'ambition, proposait tout à l'heure qu'on remît l'élection à sa voix : quelques uns semblaient disposés à consentir, pour abréger les lenteurs, quand monsignor Boromeo s'est avisé de demander au médiateur s'il connaissait l'Histoire de Jean XXII : les joues du pauvre cardinal se sont couvertes de pourpre, et tout le monde s'est rappelé en riant que Jean XXII (le cardinal d'Ossat) reconnut la confiance du conclave de 1314, en se donnant à lui-même la couronne. Ce dut être une scène bizarre que ce moment où toutes les oreilles, attentives aux paroles de d'Ossat, entendirent prononcer gravement la formule par laquelle il se faisait pape : *Ego sum Papa!*

Cette lettre, dont je trace chaque jour quelques lignes, mon cher ami, ne finirait pas si je voulais te confier tout ce qui étonne mes yeux, et tout ce qui me serre le cœur. Tantôt la faction française nous propose des choses ridicules pour amuser le tapis, selon l'expression qu'ils emploient. Les *zélanti* (nouvelle faction) jurent qu'ils resteront six mois enfermés plutôt que de se départir de leur prédilection pour le cardinal Stroppani. Tel joue l'indifférence, et tel se fait malade. Celui-ci a cinq voix acquises, l'autre sept. « Combien en voulez-vous? à quel prix céderiez-vous vos voix? » se dit-on ingénument. Le soir, des espions écoutent aux portes ; et, bien que quelques uns aient déjà reçu des avertissemens et même des coups de canne, cette pratique se renouvelle. On dit que certains ambitieux ne redoutent pas les périls de cette exploration, s'ils sont informés de ce qui peut seconder leurs vues.

Hier, on a enfoncé une cellule, parce qu'un de nos confrères refusait de venir voter. L'ennui menace quelquefois de les vider toutes, ces cellules ; et quelquefois on pense à faire entrer ici le maréchal pour y rétablir l'ordre et la paix. Une ouverture, pratiquée durant la nuit dernière dans la muraille qui nous sépare du grand cloître, a été découverte. Cet événement donne un vaste champ aux suppositions de toute espèce ; la plus vraisemblable est que la cupidité de quelques voleurs a été excitée par l'immense argenterie que les cardinaux ont fait entrer ici pour leur service. Tant qu'on a pu échanger des conjectures sur ce sujet et venir voir murer cette ouverture, la vie, le mouvement, l'intérêt de l'existence ont été rendus à un grand nombre de personnages.

On tend des piéges à ceux d'entre nous qu'on ne juge pas assez dévoués aux intérêts jésuitiques : il faut détruire toutes leurs chances à la promotion. Jusqu'à moi, on cherche à me compromettre! On m'est venu raconter que plusieurs jésuites français réfugiés dans le duché d'Urbin, mon pays, étaient en butte à la misère. J'ai écrit là-dessus à plusieurs personnes charitables, et je sais qu'on a intercepté mes lettres pour montrer aux agens de Louis XV que je n'étais pas ce que l'on croit.

Hélas! mon pauvre Charles, qu'on est affligé de voir tant de puérilités, de ruses, de perfidies mondaines, de passions, d'équivoque et de mauvaise foi! Je plains les électeurs un peu profanes de ce pontife dont l'enfantement est si laborieux : je ne puis nullement prévoir qui sera l'objet de leur choix, j'aurais presque dit leur victime.

XXXV

A Laurent Ganganelli.

Paris, 7 mai 1769.

Qu'il y a long-temps que tu ne m'as écrit! j'espère que cette lettre en rencontrera une de toi sur les Alpes.

Ne sais-tu point que mon oncle Gaetano est mort et qu'il me laisse son bien? Pauvre riche! il s'est privé de tout jusqu'à sa dernière heure. J'irai recueillir son héritage, mais non pas sa clientèle. Je reverrai donc Rome encore une fois; oserai-je me présenter devant une éminence?

J'ai fixé mon sort à la Comédie-Italienne, et j'y suis entré enfin comme Sociétaire. Quelle affabilité j'ai trouvée de la part de mes camarades! On les calomnie, je t'assure; et je souhaiterais à ceux qui appellent *tripot* notre assemblée, la même droiture et peut-être les mêmes lumières dans leurs conseils. Au lieu de m'octroyer leur consentement comme une faveur, les comédiens m'ont fait loyalement comprendre qu c'étaient eux qui s'honoraient de ma probité et s'enrichissaient de ce qu'ils nomment mon talent. Les formes ont été écartées, la délibération prise à haute voix, et j'ai été cordialement embrassé par tous les membres de ma compagnie, depuis Cassandre et Pantalon, jusqu'à cette gracieuse Coralie qui remplace maintenant Sylvia dans toutes les inspirations de nos poètes.

Le voyage de Rome m'est nécessaire, ma santé redevient chancelante. J'ai la mine d'un véritable hypocondriaque. Il y a peu de jours que j'allai consulter un médecin, d'autres disent un charlatan, nommé Bériot; et cet homme, qui ne connaît pas plus ma personne que ma maladie, sais-tu ce qu'il m'a répondu? « Il faut vous égayer : Allez voir Carlin de la Comédie-Italienne. »

Ce qui me guérira, ce sera de t'embrasser, si je l'ose.

XXXVI

A Carlo Bertinazzi.

Rome, 22 mai 1769.

C'est donc moi, un obscur enfant du cloître, qui suis devenu chef de l'Eglise! Après quatre-vingt-dix-sept jours d'épreuves inutiles, me voilà sous cette terrible dignité! Qu'ai-je fait à Dieu pour qu'il m'impose ce fardeau? A-t-il voulu montrer comment le néant pouvait devenir quelque chose dans ses mains? Je m'écrierais volontiers comme son divin Fils sur la montagne qu'il allait arroser de son sang : « Que ce calice d'amertume s'éloigne de moi, Seigneur! »

Je ne m'attends pas à être le premier à t'instruire de cet événement : il est des nouvelles qui volent comme la foudre; et la France, artisan de cette promotion, n'est pas un pays où l'on pouvait tarder à la connaître.

Le récit de tes prospérités me touche profondément. C'est à présent surtout que j'ai besoin d'être aimé : tant de gens vont me craindre!

XXXVII

A Carlo Bertinazzi.

Rome, 15 janvier 1770.

Si près de moi, ne pourrai-je te voir? Tu t'exagères la peur de blesser les convenances; et ta résistance à venir passe les bornes de l'étiquette romaine. Serais-je donc assez malheureux pour ne plus t'inspirer que du respect? Je sais qu'en France les grands sont invisibles; mais ils mettent ici leur dignité à rester hommes, et n'imaginent point qu'ils puissent être plus inaccessibiles que Dieu à qui l'on s'adresse à toute heure. Mais, Charles, que parlons-nous de grands? c'est moi qui t'appelle : tu ne rencontreras jamais ici le pape; tu n'y verras que le frèreLaurent Ganganelli, un religieux qui se consolerait de tout sur la terre plutôt que de ton oubli.

Tu profites, ingrat, de ce que je suis malade pour ne point pénétrer jusqu'à moi, au milieu des éminences qui m'importunent cérémonieusement. Ainsi, mon ambassadeur a échoué près de toi! Ce pauvre cardinal Orsini était affligé comme moi-même en me rapportant votre conversation. Mon indisposition n'est point grave; je suis tombé de cheval, et voilà tout; et, comme je l'ai dit aux personnes trop nombreuses, témoins de ma mésaventure, il n'y a point de contusion, mais un peu de confusion.

Tu me crois peut-être fier? On ne t'a donc point raconté qu'on avait eu toutes les peines du monde à me réveiller le lendemain de mon exaltation. Je vois bien que je n'ai pas de flatteurs! Cette fierté-là me siérait bien mal, du reste, à moi qui suis venu au monde avant ma fortune. Je laisse, au contraire, en dépit des gardes qui m'entourent, approcher partout où je passe les bonnes gens qui veulent me voir : leur amour-propre est flatté de contempler un homme ordinaire parvenu à cette élévation. Eh! qui m'aimerait si ce n'était le peuple. Le peu de mérite, de science ou de piété que je possède ne lui est point à charge: les seigneuries me le pardonnent moins; ce ne sont guère ces avantages qu'elles recherchent, et je leur suis incommode plus qu'elles n'osent l'avouer.

Il faut que tu comptes beaucoup sur la bénigne puissance du maître de Rome, et sur son éloignement de toute tyrannie pour ne pas trembler qu'il ne te fasse enlever et conduire ici par un détachement de ses chevau-légers. Je l'aurais peut-être fait sans la crainte de compromettre ces guerriers; mais j'ai soupçonné que tu n'aurais pas assez peur des soldats que t'enverrait le pape; je renonce aux entreprises des conquérans.

Il m'était venu une folle idée, avant l'accident qui me cloue sur ce fauteuil. Apprenant que mon ancien ami avait cédé aux vœux de ses compatriotes, et donnait à Rome quelques représentations des jeux de scène qui le font applaudir à Paris, j'avais résolu d'y assister incognito. Un soir donc que je m'étais assuré d'une petite place au fond de la loge du cardinal Orsini, que l'heure était venue, que j'étais couvert d'un vêtement commun qui m'enveloppait parfaitement et que j'avais déjà traversé, pour sortir sans être vu, les jardins qui s'étendent du côté de la fontaine de Trévi, mon bon et innocent serviteur, le frère François, a couru après moi. L'ambassadeur d'Autriche et l'ambassadeur d'Espagne demandaient à la fois une audience.

Il s'agissait, hélas! d'un honneur qu'on veut me faire, et qui m'embarrasse beaucoup. Imagine-toi que sa majesté catholique, un souverain qui commande à deux mondes, a jeté les yeux sur un pauvre franciscain pour tenir son petit-fils sur les fonts du baptême. Les langes bénits que Rome a coutume d'envoyer en cette occasion coûtent des sommes immenses; et ces fiers Espagnols dédaignent de savoir que le possesseur présent du saint-siége fut toute sa vie dénué de richesses et de crédit. J'ai même engagé pour deux ans la presque totalité des revenus qui m'appartiennent afin de racheter sur le champ quelques chrétiens captifs en Alger. Il est cruel de ne pouvoir ni refuser ni accomplir un si fastueux devoir.

Aussi, pourquoi oublier que nous sommes déjà fort obérés, à cause des dépenses qu'il a fallu faire pour la réception de la princesse douairière de Saxe, celle des deux frères du roi d'Angleterre, et cette multitude de courriers que les plus pressantes affaires des rois m'obligent à leur expédier chaque jour?

Mais laissons cela : je vais te faire une prière que tu ne me refuseras point. Lundi, je suis obligé de me rendre avec pompe à Saint-Jean-de-Latran : il s'agit d'une cérémonie qui n'admet aucun retard, et malade ou non, à pied ou en litière, je paraîtrai à la procession. Je veux t'y voir: place-toi à cette fenêtre, si connue de nous, dans l'ancienne maison Brunetti, à l'angle de la Via del Corso. Là, en t'apercevant, je croirai retourner aux jours de ma jeunesse, et ressaisir encore un moment de cette vie qui me semblait douce entre l'amitié du docte vieillard et la tienne. Charles, ne trompe point mes vœux..... et ne révèle jamais cette faiblesse. Ne leur dis pas que celui qui dispose des royaumes célestes te demande une illusion sur la terre.

XXXVIII

A Laurent Ganganelli.

Paris, 9 août 1771.

Quelle idée singulière que de croire que ma dernière raison pour redouter de vous approcher, fut ce que m'a dit le cardinal. N'est-ce pas assez de la justice que je me rendais, de la crainte si bien fondée de blesser d'augustes convenances? Pourquoi vouloir me faire avouer que c'était moi qui vous avais envoyé cette somme dont vos charités vous avaient dépouillé d'avance pour enrichir les pauvres? Quel que soit le donataire, il faut lui pardonner; il suit vos préceptes. Je t'ai entendu dire ces propres paroles : « Je ne connais pas d'objet plus méprisable que l'argent, si on ne l'emploie à secourir son prochain. L'insipide plaisir d'amasser peut-il valoir la satisfaction de faire des heureux, et le bonheur d'acquérir le ciel? »

Si j'ai fui sans t'avoir visité, si j'ai résisté ainsi à moi-même et à toi, je me suis bien promis du moins de revenir mourir à Rome. Non, je ne serai pas toujours vaincu par le respect et la crainte : j'oserai te chercher au milieu de toutes tes pompes. Il y a sous les vêtemens d'or qui te couvrent un si bon et si simple cœur!

Quel a été mon trouble à la vue de cette majestueuse solennité! Je n'imaginais point que tant de respect pût laisser place à tant d'affection, qu'on pût aimer le même homme et l'adorer.

A voir ainsi Votre Sainteté, j'ai mieux compris comment le fils de Dieu avait dû revêtir des formes semblables pour avoir à la fois autour de lui des amis, des apôtres et des sujets. Etais-je encore sur cette terre quand vos regards ont rencontré les miens, quand vos mains se sont étendues vers moi? Alors sur cette terrasse, où si souvent appuyés l'un près de l'autre nous avions vu passer d'autres fêtes, je me suis incliné tout en larmes. J'ai reçu à genoux votre bénédiction. Quand j'ai osé relever ma paupière, vos yeux étaient encore sur moi... et dans tes yeux j'ai vu briller une larme.

Si j'avais pu la recueillir! si j'avais pu la déposer sur le front de mon plus jeune enfant!

XXXIX

A Carlo Bertinazzi.

Rome, 6 octobre 1772.

Je le savais bien qu'en te faisant présenter, dans ton domicile, par le secrétaire du nonce et en présence de tes enfans, cette somme de trente mille ducats, qui ne pouvait m'avoir été prêtée que par toi, tu ne saurais trahir enfin ni la vérité ni les droits de ta famille.

Nous voilà donc quittes, en dépit de ta longue résistance : mais tu n'en garderas pas moins ma reconnaissance éternelle; et pour moi tu seras toujours le véritable parrain de l'infant espagnol.

Sans la succession de l'oncle Gaetano, déposée en mes mains d'une manière si mystérieuse, j'ignore encore comment j'aurais répondu au coûteux honneur que m'avait réservé Charles III.

P. S. T'ai-je jamais dit quel avait été le premier acte de ma puissance, l'objet de la première bulle que j'ai scellée de l'anneau du pêcheur? La liberté rendue à un jeune moine de l'ordre de saint Bernard. Il avait écrit à Clément XIII pour lui confier ses regrets sur une affection brisée. J'ai trouvé sa lettre, je l'ai comprise ; je lui ai permis d'être heureux.

XL

A Laurent Ganganelli.

Paris, 3 juin 1773.

J'ai été bien surpris, bien troublé d'apprendre, ici, que les rapports de notre enfance n'étaient pas totalement inconnus. Il faut que je te confesse ce qui m'est arrivé récemment. Je crois que je suis un peu intrigant dans cette affaire.

Nous voilà au milieu de la plus mauvaise de nos saisons. Il ne vient personne à la comédie, bien qu'assurément les bourgeois pussent trouver le frais dans notre parterre. Un jour que nous avions tous gesticulé dans cette solitude, et que, selon l'usage, j'allais annoncer à quatre ou cinq amateurs intrépides ce que mes associés représenteraient le lendemain, je fus frappé de notre complet abandon. Il ne nous restait plus qu'un seul patient, un seul ! Il était appuyé et debout contre un pilastre, au coin de la reine. Ses yeux étaient fixés sur moi avec attention. J'aurais bien dû me douter que ce monsieur n'était pas là pour son plaisir : mais l'idée ne me vint pas qu'il s'amusait avec préméditation. Je faisais contre fortune bon cœur, et lui adressant du doigt un geste familier : Monsieur, aurez-vous la bonté de vous approcher un peu ? Mon homme, vêtu de noir, s'approche, et je le priai de vouloir bien, si par hasard il rencontrait quelqu'un en sortant de chez nous, lui dire que nous donnerions le lendemain l'*Apparence trompeuse*, comédie en un acte et en prose, de M. Guyot de Mervile. Le malin, au lieu d'écouter, me glissait un billet entre les doigts. J'étais son compère quand j'avais cru le faire le mien. Or, cet homme était ce que tu vas voir, et voici ce qu'il m'écrivait :

« Vase d'élection ! vous êtes réservé à un grand œuvre. Dieu est quelquefois impénétrable dans ses vues. Il a donné la force à Samson et la beauté à Judith; il rapproche les distances par les voies ardues. Si vous voulez mériter votre gloire, trouvez-vous un des jours les plus prochains, pendant la durée de la première messe, entre la rue Garencière et le séminaire de Saint-Sulpice, là il vous sera expliqué comment vous pouvez peut-être sauver l'Eglise, et mériter pour vous et les vôtres les indulgences qui vous retireront de la perdition. »

Cette lettre était bizarre et d'une main inconnue, je n'allai point au rendez-vous indiqué ; mais, peu de jours après, je vis entrer dans mon domicile l'amateur qui me l'avait remise. Il était déjà venu en mon absence : ma femme l'avait reçu ; il avait donné à mes enfans des bonbons et des chapelets.

Quand il commença à m'expliquer ses vues à travers d'innombrables complimens, je voulus remettre son audience à un autre jour. L'heure de mon devoir approchait ; mais il s'obstina à demeurer. J'avais honte de me travestir devant lui. Ma femme m'attachait tout de travers mes boucles et ma collerette, tant elle était frappée, ainsi que moi, de l'inopportunité de la visite.

En deux ou trois séances, il me lut des Mémoires où les vertus de ses confrères et les services qu'ils ont rendus sont bien innocemment ou bien adroitement exposés. Il eût été inutile de nier les rapports d'amitié qui nous unissent. Il connaissait, comme moi-même, tous les détails qui pouvaient là dessus appuyer ses espérances. Il paraît aussi juger qu'il n'y a point de temps à perdre.

Après quelques visites de sa part, mes voisins s'aperçurent qu'il rôdait le soir dans le quartier un peu plus d'exempts à manteaux gris que de coutume. Enfin M. le lieutenant de police me fit inviter à l'aller voir.

— Signor Carlin, me dit M. de Sartines, du plus loin qu'il m'aperçut entrer dans son cabinet, vous avez donc des relations avec le saint-père? Je voulus, tout confus, dissimuler de nouveau dans cette circonstance. Ne vous alarmez point, poursuivit-il, honorez-vous plutôt de ce singulier hasard ; mais que diable ! n'allez pas faire, je vous en prie, un mauvais usage de votre crédit. Est-ce que vous complotez contre les libertés de l'Eglise gallicane? Est-ce que vous voudriez contrecarrer les négociations du roi de France en cour de Rome?

Je l'assurai franchement que je n'essayais point à soutenir cette lutte, et que la maison Bertinazzi avait pour cela trop de respect pour la maison de Bourbon.

Il parut me croire, car il m'interrompit brusquement pour me dire :

— C'est assez; n'ébruitez point notre petit colloque. Je connais la courte robe qui vous fait perdre votre temps : dites-lui qu'elle perd le sien, si elle ne risque davantage. Allez et soyez prudent. La police peut être informée de certaines choses, c'est son métier ; mais que les honnêtes gens n'en sachent rien.

Et pourquoi, me demandai-je en sortant de chez monseigneur, me serait-il défendu de m'intéresser à ces proscrits, à ces innocentes victimes du parlement? L'homme qui m'a parlé a de très bonnes manières, il est insinuant ; et il m'a flatté en vérité de bien douces espérances... S'il ne m'eût un peu trop mal parlé de mon voisin le curé de Saint-Roch, qu'il appelle janséniste en soulevant la lèvre inférieure, et que je sais, moi, être un vieillard indulgent, docte et de grande probité, je pense qu'il aurait fait tou e ma conquête.

N'importe! je t'envoie, à mes risques et périls, et par les moyens que le postulant a employés lui-même, ses Mémoires dont je t'ai parlé. Ce qui m'enhardit à cette démarche, c'est la lecture de la lettre que tu as écrite toi-même au roi de France. Il n'est bruit ici que de cette lettre : on vante sa fermeté et sa douceur : mes protégés en espèrent beaucoup. J'entends dire que le cabinet de Versailles est surpris de ne trouver dans ton style rien qui sente le moine et le prêtre.

Cependant on n'ignore point que la sévérité peut se concilier à Rome avec cette modération. On pense que si tu ne veux point t'engager à céder à tous les désirs des puissances, bien qu'elles viennent de rendre au saint-siège Ponte-Corvo et Avignon, tu ne renonces point à les contenter, dès que l'intérêt de la religion s'accordera avec cette condescendance. Ta discrétion est si connue ici, que quelques uns, pour définir ton caractère, et au lieu de t'appeler Clément XIV, te nomment Silence Ier.

XLI

A Carlo Bertinazzi.

Rome, 25 juillet 1773.

Tu arrives un peu tard pour me parler en faveur des jésuites. J'ai examiné lentement, j'ai pesé avec maturité les droits d'un ordre existant depuis plusieurs siècles, approuvé par une longue suites de pontifes, utile à l'instruction, fécond en martyrs, et les dangers d'une société formant un état dans tous les états. Malgré son vœu formel d'obéissance au saint-siège, elle répond aux propositions de modifier ses statuts : Qu'ils soient ce qu'ils sont, ou n'existent pas (1).

Dis à tes protégés, monsieur le négociateur, que je n'ai pris conseil ici

(1) Sint ut sunt, aut non sint.

que des personnes désintéressées dans cette cause. Tantôt je me suis fait ouvrir les archives de la Propagande pour y relire les Mémoires du cardinal de Tournon, de MM. Maigrot et la Beaume, et tantôt les apologies de la société par les missionnaires-jésuites. Père des fidèles, et surtout des religieux, je n'ai pu détruire un ordre célèbre sans avoir des raisons qui me justifient aux yeux de la postérité. Dis que j'ai continué les desseins de Benoît XIV; que, sur l'avis spécial des cardinaux Marafoschi, Zelada, Negroni, Carafa, Corsini, et d'après la situation où se trouve la chrétienté, je n'ai pas voulu ramener ces temps malheureux où les papes, sans asile, avaient pour ennemis les rois et les empereurs. Jésus-Christ n'a fondé que deux sociétés pour perpétuer sa doctrine : les évêques et les prêtres. Les beaux siècles de notre Eglise ont-ils eu des religieux et des moines?

Enfin, je l'ai signé hier, 21 juillet, ce bref que les historiens désigneront sans doute par les premiers mots de sa teneur *ad perpetuam rei memoriam*. Plusieurs personnes étaient présentes lorsque j'ai saisi la plume ; elles m'ont entendu dire, en la posant sur un prie-dieu : « La voilà cette suppression! elle est accomplie : je ne m'en repens pas ; elle m'a paru indispensable au bien de l'Eglise. Si elle n'était pas faite je la ferais encore.... mais c'est ma condamnation que je signe : cette suppression causera ma perte. » Ces paroles, j'ai senti que j'avais eu tort de les prononcer, mais il n'était plus temps; elles s'étaient comme précipitées sur mes lèvres.

Je le sais : on avancera qu'en recevant la tiare, je m'étais engagé à anéantir cet ordre : ceci est une calomnie et je le proteste sur mon salut; mais je ne me suis point dissimulé qu'on avait placé cette espérance en moi, et que les princes qui ont tant contribué à me revêtir de cette dignité périlleuse l'ont fait expressément pour arriver à la destruction de leurs éternels et irréconciliables ennemis.

Déjà on me menace : une religieuse de Valentan, Bernardina Beruzzi, annonce que le jubilé ne sera point ouvert par mes ordres. Ce matin, ces quatre lettres, dont j'ai sans peine deviné le sens hostile, étaient tracées sur les portes du palais : P. S. S. V. (1).

N'importe, j'ai fait mon devoir ; et maintenant que la paix des empires est assurée au loin, je voue mes soins tout entiers à la prospérité des Romains. Déjà j'ai ôté à des maltôtiers avides l'approvisionnement des blés; j'ai pourvu à l'entretien de quelques chemins, et je fais établir des postes sur la route de Civita-Vecchia. Il était singulier que le port où les galères du pape sont ordinairement stationnées, fût privé d'un tel avantage. Ancône a aussi reçu quelques réparations. On emploie avec succès cette fameuse machine essayée par Clément XI, pour détourner les eaux du Tibre. Déjà on a trouvé dans le sein de ce fleuve de grandes richesses pour les arts. Je crois que le musée où elles sont déposées prendra mon nom (2). Des occasions favorables m'ont fait enrichir aussi de livres et d'estampes la bibliothèque du Vatican ; et enfin j'ai reçu du cardinal Passionei la promesse que les précieuses collections qu'il possède seront léguées un jour à ce même dépôt des connaissances humaines. Je ne souffre plus qu'on mutile des enfans pour le plaisir des oreilles profanes ; j'ai éloigné des temples ces victimes : insulter l'homme pour honorer Dieu était digne des temps barbares. J'aime beaucoup la musique, mais l'humanité davantage.

Les jours les plus heureux de ma vie sont ceux que je passe maintenant, au mois de mai ou d'octobre, à quatre lieues de Rome, dans la retraite de Castel-Gandolphe. Ce palais solitaire, ouvrage de Bernin, est au bord du lac Albano. Là des vues magnifiques se déroulent sous mes yeux ; la ville des Césars apparaît encore dans le lointain ; et tout ce que

(1) Presto sara sede vacante (le siége sera bientôt vacant).

(2) Musée Clémentin.

les poètes ont dit de sublime ou d'ingénieux sur elle se présente à mon imagination. Tantôt la fleur que je cultive ou l'insecte brillant qui traverse un sentier occupent toutes mes facultés ; et tantôt le regard sur un vaste horizon, je me plais à croire que ma puissance peut opérer quelque bien dans ces immenses campagnes. Le manque d'ombrages les désole : il faudrait élever un rempart de verdure entre ces champs et les funestes exhalaisons des marais de Cisterna. Les pauvres gens qui vont couper les moissons reviennent presque tous malades. Cet air, dilaté par l'excessive chaleur, se condense tout à coup au coucher du soleil ; et retombant sur des corps épuisés de fatigue, y dépose le germe des fièvres intermittentes.

Je sais bien que dès l'antiquité ce climat était menaçant : Horace expose déjà ses craintes pour aller visiter Mécène dans sa villa. De leur temps, un temple à la fièvre était ouvert sur le mont Palatin ; mais je ne puis renoncer à l'espérance d'améliorer un jour par le travail de nos ingénieurs cette patrie de la misère laborieuse.

Oh ! c'est alors que mon nom obscur obtiendrait quelque importance dans l'avenir ! J'aimerais mieux protéger des cabanes qu'élever des pyramides et même des temples fastueux. On parlera peut-être un jour de moi dans ces pauvres villages, comme on s'entretient d'Horace et du *roi Négron*. C'est un singulier caprice des traditions, c'est une étrange dérision de la renommée que ce poète soit devenu ici le grand architecte de toutes le ruines dont on ne sait pas le nom, et Néron (le roi Négron) le bienfaiteur à qui l'on doit toutes les citernes et les piscines où le pâtre va puiser la vie de ses troupeaux et la sienne. Cet exemple-là est un peu décourageant pour le zèle des philantropes futurs, mais celui qui, en obligeant, n'a pas compté sur l'ingratitude, n'a fait que la moitié de son devoir. Adieu, tu entendras parler un jour de mes vastes projets.

XLII

A Laurent Ganganelli.

Paris, 15 juin 1774.

Notre solliciteur est revenu. Je ne m'y attendais guère, et c'est un mauvais sentiment qui l'a ramené. Il accourait à peu près pour me dire des injures ; il m'a traité de mauvais agent. Quand j'ai dit, non pour le consoler précisément, mais pour l'exhorter à la résignation, qu'ils devaient tous considérer avec quelle sage lenteur et quelle justice on avait agi à leur égard, il m'a regardé avec arrogance. « Nous protesterons, a-t-il ajouté, et la plupart de nos chefs ne sont guère embarrassés de trouver, à Rome même, un asile dans le palais du cardinal Ange Braschi. »

— Quoi ! monsieur, vous voudriez résister à l'infaillible pontife, au souverain supérieur à tous les monarques, et au grand homme qui n'a dû son élévation qu'à ses vertus ?... — Et quel imbécile, mon cher, appelle ainsi Ganganelli ? — Hélas ! c'était vous-même, il y a peu de jours, ai-je répliqué timidement. Là-dessus, l'homme noir s'est emporté. Tant qu'il n'a récriminé que contre moi, qu'il n'a menacé que moi, ou même tant qu'il s'est contenté de choisir des épithètes destinées à flétrir une condition obscure pour les opposer aux louanges royales qu'il te prodiguait si récemment, je l'ai laissé dire. Tu n'es point offensé qu'on t'appelle un paysan, un frère mineur, un cordelier à la grand'manche ; mais quand le mauvais serpent a commencé à envenimer sa langue, j'ai sauté sur mes armes de théâtre : il est parti et il a bien fait. Voilà les jésuites chassés de France, de Rome et de chez moi !

Le curé de Saint-Roch a écouté mes doléances : c'est lui qui parle de mon condisciple selon mon esprit et selon mon cœur ! Il m'a raconté de toi un trait si ingénieux et si noble que je le crois véritable. Il dit qu'un tribunal romain avait condamné à mort deux hommes. Comme on voulait faire grâce à l'un des deux, ils jouèrent aux dés à qui échapperait ; toi, tu sauvas celui que la fortune condamnait, sous prétexte que les jeux de hasard étaient abolis.

Mon curé me flatte d'un agréable avenir. Le temps n'est pas loin où j'aurai renoncé au théâtre. Heureux et retiré, je me vois jouissant de quelque aisance et de beaucoup de bonheur. Les années ont déjà singulièrement abattu les fumées de mon amour-propre. L'état que j'exerce, et dont les succès n'ont jamais effacé pour moi les dégoûts, se montre dans la vieillesse avec tout son désenchantement. Je me souviens toujours de ce soir où je montai sur la scène comme on monte au lieu d'un supplice. Vivre ou mourir de faim était un problème qui allait se résoudre pour moi en deux heures, et devant quels juges !

En vain j'ai essayé de me dire, depuis, que j'avais profité, pour accomplir le vœu de mon Créateur, de l'espèce de talent qu'il m'avait donné, comme il accorde à celui-ci l'éloquence, à cet autre le coup d'œil guerrier, à celui-là l'esprit inventeur. Hélas ! quand le rideau tant de fois levé pour ma gloire tombera enfin sur ma dernière représentation, comme une dernière planche sur un cercueil, que serai-je pour ceux que j'ai fait rire pendant vingt ans ? Hors les personnes qui sont entrées dans l'intimité des comédiens, qui est ce qui soupçonne leur probité ? C'est le secret de deux ou trois amis. Ailleurs, les grands sont protégés par leurs titres avant d'être méprisés par leurs vices ; ici nous sommes dépréciés par notre état avant d'être estimés par notre caractère. Mais connu de Clément, son amitié est mon éloge : me vois-tu me rapprochant de toi par le pardon de l'Église, et peut-être un peu par l'exemple des bonnes mœurs. Déjà le curé de Saint-Roch ne dédaigne point de venir me voir. Il s'assied quelquefois le dimanche à ma table ; et quand l'épanchement du dessert a fait disparaître un peu du rigorisme de son clergé, il m'avoue que la probité est la première condition pour mériter l'indulgence du ciel. Je me retirerai donc à Pâques, pour pouvoir offrir le pain bénit vers les solennités de l'Assomption, et il n'est pas impossible que, devenu un obscur bourgeois du quartier, je ne sois admis quelque jour à être marguillier honoraire.

Il faudra m'aider à acquérir tant de satisfaction : il est permis de solliciter pour son âme, n'est-ce pas ? Je ne puis pas croire d'ailleurs que Dieu me repousse un jour, quand je paraîtrai devant lui, couvert de ta sainte affection.

J'attends bien impatiemment des lettres de Rome : on imprime ici, dans la gazette, que tu es mal portant.

DERNIÈRE LETTRE.

A Carlo Bertinazzi.

Rome, 21 septembre 1774.

Ils ont beau dire que la force inattendue qui me soutient depuis hier indique encore que mon mal peut être guéri : je me sens frappé à mort.

Mon Dieu ! permettrez-vous que je quitte cette terre sans avoir dit adieu au compagnon de mon enfance ? Si dans cette nuit qui précède peut-être mon dernier jour, il me reste assez d'affection pour lui écrire, laissez-m'en le courage.

Charles, vous êtes l'objet de ma plus ancienne amitié ; et je vous crois le seul ami qui me reste, depuis que j'ai perdu ma pauvre sœur. J'ai fait assez de bien pour m'apercevoir de quelque ingratitude autour de moi, mais vous m'êtes resté fidèle, vous; et je meurs dans l'abandon sans me plaindre, puisque vous vivez heureux et honoré sur une terre étrangère. Hélas! puisque je meurs sur un trône, j'espère que Dieu vous donnera quelque félicité pour celle qu'il a retranchée de mes jours!

Il m'eût été horrible et doux de reposer ma main dans la tienne. Toi seul, être sensible et bon, aurais apporté quelque joie autour de la couche du pécheur; mais je ne puis regretter cette consolation, car je suis devenu un objet d'horreur en même temps que de pitié. J'aime mieux que tes larmes coulent à mon souvenir, que de te voir pleurer sur tant d'infirmités et de tortures. Ne crois pas à ce qui sera publié sur mes derniers momens: la perversité humaine n'est pas si grande!

Je me suis senti malade dès le milieu de la semaine-sainte, et comme je rentrais à *Monte-Cavallo*, après avoir officié à Saint-Pierre. Le premier sentiment de mes douleurs fut une commotion dans la poitrine, comme si c'eût été l'effet d'un grand froid intérieur. Je ne l'attribuai qu'au hasard, et je dissipai bientôt l'impression que ce coup m'avait laissé. Mais on remarqua, au bout de quelques jours, la diminution du volume de ma voix, sensiblement voilée. Je sentis une inflammation continue à la gorge. L'obligation de tenir la bouche entr'ouverte afin de pouvoir respirer, me causa une gêne et une inquiétude qui m'ont souvent rendu impatient, et peut-être injuste envers les personnes qui m'approchaient. Je leur en demande pardon devant Dieu.

Le sommeil m'a quitté. Les jambes refusent de soutenir, depuis deux mois, celui qui se promettait les longues années de saint Jérôme, et dont la santé était forte à cause de sa sobriété. Je ne vis plus, depuis l'époque où j'ai voulu recevoir les ministres des cours étrangères, comme au temps où je remplissais tous mes devoirs.

Maintenant la fièvre a consumé tout ce qui fut ma part de cette vie terrestre. Les ongles de mes mains desséchées s'ébranlent; mes cheveux blanchis se dispersent sur l'oreiller où j'essaie de reposer ma tête. Malgré les saignées dont ils m'ont affaibli, je sens le mal travailler ardemment mon sein. Si tu voyais ce spectre qui fut autrefois Clément XIV, tu comprendrais l'agonie de Job, et tu pardonnerais peut-être aux plaintes du martyr. Tous les efforts de l'art pour me soulager sont vains; j'ai l'intime sentiment que, quand même j'échapperais à ce péril, bientôt je sentirais les atteintes d'un autre. Ce mal semble me dire intérieurement, comme ce terrible Romain au roi qui défendait Tarquin: « Nous sommes vingt autres dans Rome qui avons juré ta perte. »

Je désire te mettre en garde contre l'erreur qu'on appellera peut-être le secret de ma mort. Je veux te désabuser d'avance sur les suppositions qui seront faites après moi. Les uns parleront d'une espèce de liqueur mystérieuse qui se fabrique en Calabre et à Pérouse (1); d'autres diront que j'ai succombé à l'effet d'une préparation invisible, inventée déjà aux temps fabuleux de Mithridate, substance qu'Alexandre VI aurait connue, et qui peut se cacher tantôt sous l'écorce d'un fruit mûr, tantôt se poser sur l'acier d'un couteau et jusque dans les parfums innocens d'une fleur. Ne le crois pas. Le docteur Matteo, qui me rend des soins si assidus et si charitables, s'est étonné de mon ignorance sur le principe de mes maux: mais il n'en faut accuser que ce mal lui-même, qui échappe à sa science et à mes propres perceptions. Je me repens d'avoir dit, lorsqu'il m'interrogeait lui-même: « Cherchez-en la cause vers le neuvième chant du Psalmiste (2). »

Si Matteo a trouvé, sous le chevet de mon lit, quelques préparations qu'il a reconnues pour des antidotes et des contre-poisons, c'est que je les ai reçues des mains du frère François, mon unique serviteur, lequel, dans son zèle peu éclairé, voulait me prémunir contre un danger qui n'était

(1) L'acquetta.
(2) Negotio perambulante in tenebris.

pas le mien. L'usage même que j'en ai fait n'aurait-il pas prouvé, par l'inutilité de ces faibles secours, que mes souffrances ne sont pas ce qu'on croit?

Non, je ne suis point la victime d'un complot, et je prie Dieu pour le docteur avec autant de ferveur que pour moi-même, depuis qu'il a trahi devant moi cette pensée. Il me demanda si, dans le jour où je ressentis la première atteinte de douleur, je n'avais pris aucune nouriture. — J'avais communié, lui répondis-je. Et il sortit de ma chambre en se voilant les yeux de ses deux mains.

Deux heures du matin.

Si jamais on accusait les membres d'une Société à qui j'ai fait subir l'abolition, si on se souvenait de la religieuse fanatique et du placard attaché aux portes de ce palais, on commettrait un péché. L'Europe ne doit point juger ma mort physique comme la réaction de la mort civile et religieuse que j'ai fait éprouver à une congrégation, dangereuse peut-être mais qui n'a point mérité sa réputation d'attenter à la vie des rois. Et d'ailleurs, qu'un enthousiaste, partisan de cet institut, eût voulu le venger, en portait-il la robe, en était-il l'affilié? Qu'un des proscrits même eût fait cette méchante action, devrait-on en faire rejaillir la responsabilité sur ses frères? Le docte et illustre corps peut avoir un membre corrompu : la juste douleur de la société a pu devenir frénésie dans un particulier, mais elle n'est pas comptable de ce délire. Les adorateurs de *Jésus* ne peuvent pas avoir fait servir au meurtre ce qu'il y a de plus saint et de plus sacré dans les pratiques de leur religion.

Cinq heures du matin.

D'où vient que l'on m'a donné le saint-viatique sans que mon confesseur fût là, et sans que l'absolution ait été prononcée sur moi?... J'ai voulu parler, leurs chants ont étouffé ma faible voix. J'ai voulu soulever ma tête, il m'a semblé que le bras d'un desservant que je ne connais pas pesait sur ma poitrine. Les spasmes et les convulsions m'ont rendu presque étranger à cette cérémonie. Ce n'est donc pas moi qu'on a voulu consoler! Cette pompe auguste et cruelle n'était-elle qu'un exemple, qui ne pouvait manquer aux derniers momens d'un pontife! Songes d'un malade! mon confesseur a peut-être été retenu près du pauvre ou de l'orphelin!... Il reviendra : prenons son absence avec résignation; il reviendra ce soir... et Dieu me laissera assez d'existence pour attendre et pour recevoir le pardon de l'Eglise.

Je profiterai du moment de paix que m'ont donné mes dernières souffrances pour te dire encore quelques mots. Oui, la paix : croiras-tu que je l'éprouve à cette heure? C'est que la résistance de la nature est vaincue; c'est que le mal, possesseur de tout mon être, semble se recueillir et me donner un moment pour accomplir le dernier sacrifice.

L'exaltation de la fièvre est grande, et l'esprit qui s'éteint jette un faux éclat comme un flambeau qui meurt.

Il faut se souvenir ici que Clément XIV supporta courageusement des douleurs lentes, et fut près de six semaines à mourir. Le frère François a raconté qu'il écrivit presque jusqu'à son dernier moment pendant les intervalles de sa souffrance. Il y avait sur un prie-dieu, à côté de son lit, ces plumes et ce papier dont il avait aimé à être entouré pendant tout le temps de sa vie studieuse. Il paraît que les fragmens copiés ci-après furent placés de sa propre main dans le lieu qui était, comme le dit sa Lettre XXIIIe, « le dépôt de ces mystérieux rapports », ou cachés sous son chevet. Ils furent retrouvés sans ordre, sans date de jours, et renvoyés à leur destination par le frère François, sous une même enveloppe; mais les sentimens qu'ils renferment ont déterminé facilement l'ordre dans lequel ils ont été successivement écrits.

Ami de mon enfance, adieu. Retracez-vous, en recevant ce gage de mon souvenir, les temps de notre innocence et les jours de Rimini. Que le soleil était beau! Se lève-t-il encore sur ce rivage où les ondes de l'Adriatique s'écartaient pour recevoir l'Eridan? Ces oiseaux, dont les ailes sont blanches et dorées, se jouent-ils encore autour des vieux monumens et des navires? Espérances, joies, périls, des fleurs, l'abîme, tout était là... comme pour nous indiquer le secret de la vie. Je le saurai donc avant toi! Le voilà, ce terme où nous avons marché par des sentiers si divers! Qui dira, de deux fragiles créatures, laquelle s'est montrée moins indigne de l'indulgence de son Créateur.

Cette vie, que je quitte avec si peu de regrets et tant de douleurs, j'en eusse été affranchi, il y a long-temps, sans ton fatal secours. Que ne me laissais-tu sous ces ondes immenses? Le soufle qui m'a fait végéter quarante années de plus était déjà presque éteint... Mais je n'aurais pas connu tout ce que le cœur de deux amis a de richesses; je n'aurais pas entrevu, dès cette vie, l'image des habitans du ciel. *Elle* enfin! car si j'entends parler d'un ange, je crois déjà en connaître un.

Souvent, dans mon sommeil ou dans mon délire, j'ai vu remonter au firmament la même colombe : elle incline à peine, en fuyant, le rameau fleuri de l'arbre étranger où s'était reposé son vol; elle m'entraîne dans la lumière de sa trace.

Dieu est bon! au moment même il m'envoie un sourire. Voilà que le jour se lève comme au matin de nos belles années, et il vient mêler ses rayons aux clartés de cette lampe. Il vient de la Sabine... C'est là qu'elle repose. Oh! tournez aussi mon visage vers les rives de l'Adriatique; et de ce côté-là est encore la France. Eternité! repos! amour! si je pouvais mourir en ce moment!

Qu'ai-je dit?... Malheureux! tu n'as pas reçu le pardon de tes fautes. Mon mal se réveille avec fureur; il redouble, et il m'entraîne. Je sens se déchirer ma poitrine. Donnez-moi un peu d'eau; donnez! au nom du Sauveur qui fut dévoré de la même soif sur la pénible route du Mont des Oliviers. On vient... Je vous rends grâce, ô mon Dieu! la douleur ne m'a point fait blasphémer.

Onze heures du matin.

Eh bien! ce prêtre, ce pieux courtisan qui m'a promis tant de fois le ciel au temps de ma puissance; ce consolateur qui devait me réconcilier avec l'Église, il est venu! il s'est étonné de me trouver encore vivant. J'ai demandé des secours humains, il me les a refusés. J'ai imploré de divins secours, il a souri. « Me connais-tu, disait-il; regarde une de tes victimes. Le déguisement du sacré caractère que je porte m'a livré la joie de te voir mourir.» Et comme je ne pouvais croire à tant de malice, il s'est dressé! il a déchiré la robe qui couvre sa poitrine, et l'idolâtre, il m'a montré, sur son propre cœur, l'image d'un cœur factice, sanglant, percé de flèches. — Grâce, mon frère! — Non; désespère et meurs! — Prononcez l'absoute sur ce cadavre... — Désespère et meurs, a-t-il répété. Et il m'a annoncé la vengeance éternelle, et il m'a voué à l'enfer.

L'enfer!... la raison m'abandonne; j'entrevois ses terribles portes, et je reconnais la justice divine. Oui, si dans les doutes orgueilleux de mon esprit il fut une croyance que j'accueillis avec moins de foi que les autres; si jamais je balançai avec impiété, ce fut devant ce terrible dogme qui attribue des peines sans fin aux erreurs des mortels. Je suis puni du doute : je crois à l'enfer, et j'y tombe.

O mon seul ami! où es-tu? Et toi, pauvre serviteur qui me délaisses, ils t'auront emprisonné! Nul ne viendra me répondre : la main d'un chrétien ne fermera pas mes paupières!

On a murmuré des paroles?...

« *Ne méprisez pas, Seigneur, l'œuvre de vos mains.*

» *Délivrez ce pécheur de ceux qui le haïssent.*
» *Roi des siècles, délivrez cette âme.....*
» *Menez avec le Sauveur ceux qui se sont endormis en lui!.....* »
Cette voix n'était que la mienne. C'est moi qui écris ces paroles et qui les prononce; ce n'est que moi seul qui répète sur moi la prière des agonisans.

Vieillard, que t'ont servi quarante ans de vertus? Elle et toi, priez pour mon âme : toi sur la terre; elle aux cieux. Priez pour la plus faible et la plus châtiée des créatures.

Viens, prêtre : je meurs. Sois content, je meurs sans espoir.

H. DE LATOUCHE.

FIN.

NOTES HISTORIQUES.

Nous avons pensé qu'on nous saurait gré de reproduire ici quelques détails biographiques étrangers à cette correspondance, et qui en complètent l'histoire.

Le pieux successeur des Hildebrand et des Borgia fit bâtir un village tout entier, non loin du lac de Bolsène. Placé sous l'invocation du patron de son fondateur, ce village est nommé San-Lorenzo. Ganganelli y appela à ses dépens les habitans d'un autre hameau qui, à quelques milles de distance, étaient exposés près d'un marais à des exhalaisons pestilentielles. Nous relatons ce fait avec empressement, parce que la modestie de Clément XIV n'en a laissé aucune trace dans ses écrits.

Pour Carlin, son visage, presque inconnu, même à ses contemporains, puisqu'il fut presque constamment sous le masque, n'est conservé que dans un pastel dont peu de copies ont été répandues chez les amateurs. Quelques particularités de son caractère, quelques détails appartenant à la fin de sa carrière, achèveront de le peindre aussi bien qu'une esquisse de Vanloo. Nous allons essayer de les rassembler.

D'abord, le billet suivant, qui lui fut écrit par le premier commis des affaires étrangères, et qui a été récemment trouvé dans les papiers du comédien, établit que l'ami de l'illustre pape ne négligeait aucune démarche pour lui témoigner son dévoûment ; et il joignait au mérite de l'obligeance toute la délicatesse de la discrétion.

Nous lisons ceci sur la première page d'une lettre que nous avons sous les yeux, et qu'on appellerait aujourd'hui officielle :

AFFAIRES ÉTRANGÈRES.

CABINET DU MINISTRE.

« M. le duc de Choiseul, ministre secrétaire d'État au département des affaires étrangères, recevra demain, 18 décembre, le sieur Carlo Bertinazzi, à onze heures précises du matin. »

Versailles, 17 décembre 1770.

Plus bas, et sur le verso du même feuillet, il est ajouté, de la même écriture, de cette écriture sans reproche qui caractérise, dans ses formes exactes, les habitudes d'un chef de bureau :

« Monsieur,

» Pardonnez-moi d'avoir mis du retard en l'expédition de ce laissez-passer. Son Excellence m'avait donné ordre de vous l'adresser le lendemain même du reçu de votre demande d'audience, en date du 7. C'est donc moi qui suis seul coupable de ce retard : ne l'imputez pas à impolitesse. Je vous confesserai, monsieur, que la conformité de votre nom avec celui d'un acteur du Théâtre-Italien m'avait fait penser que tout ceci était une plaisanterie de Son Excellence, monseigneur ayant la bonté de s'amuser quelquefois de moi.

» Sur l'avis d'un de mes collègues, j'ai différé à vous transmettre cette réponse jusqu'à l'occasion que j'ai eue ce matin d'en reparler à Son Excellence. Il m'a été dit qu'il ne fallait point manquer de vous faire porter aujourd'hui même ce billet par un huissier de sa chambre; que vous étiez d'une des meilleures et des plus anciennes maisons de Bergame, lié d'amitié avec une personne puissante en cour de Rome; et j'ai bien vu, dans ce que M. le comte a pris la peine d'ajouter, que vous auriez été cardinal si vous aviez voulu entrer dans les ordres.

» Jugez, monsieur, de mon humiliation, et des pardons que j'ai à vous demander. Comme je me doute qu'il s'agit de négociations diplomatiques dont vous seriez chargé pour le comtat de..., je vous dirai confidentiellement, et pour réparer ma faute, que l'affaire de la restitution à... est en bon train : le ministre en parle sans détours.

» Ne me compromettez point, je vous en prie, à propos de cette ouverture, et veuillez me croire,

» Monsieur,

» Avec le sentiment du plus profond respect,

» Votre très humble et très obéissant serviteur,

» RENAUDAULT,

» Chef de la 3e division. »

On tire facilement de ce double billet, et par sa date et par son contenu, la conséquence que Carlin s'employa utilement près du cabinet de Versailles pour obtenir la restitution du comtat d'Avignon en faveur de Sa Sainteté. Un tel négociateur ne paraîtra étrange que si on oublie que le même personnage devait plus tard solliciter près du pape le maintien d'une congrégation qui connaissait très bien tout son crédit. Il fut de la destinée de l'acteur de représenter Rome à Paris, et Paris à Rome. Beaucoup de grands effets ont de plus petites causes, et la diplomatie n'emploie pas toujours de si graves moyens.

C'est à tort que quelques écrivains mal informés ont représenté Carlin, après la perte de sa femme, vivant dans un ménage étranger, adoré du maître de la maison plus encore que de la maîtresse; choyé de tout le monde, passant le temps à caresser tour à tour de jeunes chats dont il voulait imiter la grâce, et une demi-douzaine d'enfans dont il aurait été plus que le parrain.

Il vécut jusqu'à soixante-douze ans dans toutes les habitudes d'un honnête homme. Il avait supporté courageusement des pertes imprévues qui réduisirent sa fortune de plus de moitié. Tout le temps qu'il resta au Théâtre-Italien, il en fut l'ornement. Il était gros, mais leste, naïf et spirituel; c'était lui que ses camarades chargeaient ordinairement de faire au public des allocutions difficiles : il s'en tirait avec le plus heureux à propos. Là, l'histoire du jour était infailliblement amenée par quelque allusion plaisante. Ce comédien contribua à consoler les courtisans de ce que le premier enfant de Louis XVI n'était pas un héritier du trône. « Vous vous chagrinez de bien peu de chose, disait-il à M. Cassandre. » Et il ajoutait, en montrant la dernière phalange de son petit doigt : « Il ne s'en est fallu que de cela que nous eussions un prince ! »

La coiffure des femmes de la cour était alors si élevée, que les portes des appartemens et les carrosses allaient devenir impraticables. Carlin, un soir que la reine occupait sa loge dans une pareille toilette, attacha à son feutre d'Arlequin un plumet dont l'extrémité se perdait dans les frises. On murmura; mais le ridicule senti, la mode tomba.

Bertinazzi savait jouer de presque tous les instrumens, et il gravait avec une certaine perfection. En scène, il était si naturel que quelquefois les spectateurs, les enfans surtout, se mêlaient à ses conversations. Il répondait; il savait profiter de ces interruptions pour être plus comique et plus vrai. Il improvisait avec plus de facilité qu'il ne récitait. Il avait moins de confiance en sa mémoire qu'en son imagination. Souvent sa pantomime, ses inflexions de voix faisaient tout le charme de ses rôles. On croyait applaudir un mot de l'auteur, on applaudissait le ton dont ce mot était prononcé.

Jusqu'à la fin de sa carrière, Carlin conserva la jeunesse de son talent. Il ne survécut point à ses triomphes; il n'eut à éprouver ni l'oubli ni l'ingratitude du public. Il s'éteignit enfin presque sans souffrances, à Paris, le 9 septembre 1783, dans une maison qui lui appartenait, rue Neuve-des-Petits-Champs. Heureux jusqu'au dénouement du drame, il eut de longs succès et une courte agonie.

www.ingramcontent.com/pod-product-compliance
Ingram Content Group UK Ltd.
Pitfield, Milton Keynes, MK11 3LW, UK
UKHW020416180726
13839UKWH00003B/1329

9 782329 312675